小故事_中的大道理

校园生活版

徐井才◎主编

新 华 出 版 社

图书在版编目（CIP）数据

小故事中的大道理：校园生活版/徐井才主编.
—北京：新华出版社，2013.1（2023.3重印）
（校园图书角必备藏书）
ISBN 978 – 7 – 5166 – 0354 – 3 – 01

Ⅰ.①小…　Ⅱ.①徐…　Ⅲ.①故事—作品集—世界　Ⅳ.①I14

中国版本图书馆 CIP 数据核字（2013）第 018975 号

小故事中的大道理：校园生活版

主　　编：徐井才

封面设计：睿莎浩影文化传媒　　　　责任编辑：张永杰

出版发行：新华出版社
地　　址：北京石景山区京原路 8 号　　　邮　　编：100040
网　　址：http://www.xinhuapub.com
经　　销：新华书店
购书热线：010 – 63077122　　中国新闻书店购书热线：010 – 63072012

照　　排：北京东方视点数据技术有限公司
印　　刷：永清县晔盛亚胶印有限公司

成品尺寸：165mm×230mm
印　　张：12　　　　　　　　字　　数：180 千字
版　　次：2013 年 3 月第一版　　印　　次：2023年3月第三次印刷
书　　号：ISBN 978 – 7 – 5166 – 0354 – 3 –01
定　　价：36.00 元

目 录

第一章 课堂上的那些事

找优点	2
啪啪啪	4
迟 到	6

趣味名著
笑解《三国》 7

给美丽做道加法	8
加西莫多的心灵	10

爆笑图片 12

鸟之歌	14
中指戴个钢笔帽	16
不放弃任何机会	17
请写一则寻找妈妈的寻人启事	18
打瞌睡的后果	20

好书推荐
《黄琉璃》 21

螺帽如何浮在水面上	22
不要让别人偷走你的梦想	24
阿D讲"奇遇"	26

第二章 我和死党之间的秘密

最大的敌人，最好的朋友	28
有一种友谊只留给记忆	30
丑女小德	32
咬过的苹果	33

让老师哭笑不得的考卷 35

开在夏天里的花	36
友谊，天使的庇护	38
彼得潘的马蹄莲开了	40

明星小档案 41

白雪公主生的孩子是谁	42
让幸福永远环绕在你身边	44
怀念一辆14岁时的自行车	45
年少的蜗牛没有壳	46

趣味名著
趣解《西游记》 47

包裹在褪色校服里的美丽	48
第七条白裙子	50

第三章 我的老师最闪亮

纸篓里的老鼠　52

我初中的语文老师　54

爆笑图片　56

侦察员老师　58

换只手举高你的自信　59

老师的眼泪　60

琴师　62

好书推荐
《临界·爵迹》　63

教美术的乔先生　64

难忘的一课　66

美丽的歧视　68

包容是一条五彩路　70

明星小档案　71

老师的珍藏　72

举了二十年的经典范例　74

巧抓网虫　76

第四章 考呀考呀考

特殊的考卷　78

珍藏一颗善良的心　80

空白的答卷　82

趣味名著
《水浒》笑传　83

零分之约　84

丢失的成绩单　86

让老师哭笑不得的考卷　89

疯狂请客　90

虚惊一场　91

对面的灯光　92

特殊试卷　94

好书推荐
《真希望我二十几岁就知道的事》　95

你永远是第一　96

第五章 假期乐翻天

等待录取通知书的那个夏天　98

爆笑图片　100

诚实更重要　102

火眼金睛　103

最好的评价　104

明星小档案　107

恐怖假期　108

DNA不能决定一切　　110

虎口脱险　　112

趣味名著
歪解《论语》　　115

在网上遇到儿子　　116

夏天的味道　　118

第六章　酸甜苦辣的学习生活

把钥匙交给小蒙　　120

那些青春燃烧的日子　　122

一碗热粥　　124

好书推荐
《我的儿子叫皮卡》　　125

带刺的玫瑰花　　126

鞋　　128

日记与尺子有关　　130

让老师哭笑不得的考卷　　132

小学生活的酸甜苦辣　　134

让我为你唱支歌　　136

被老师遗忘的日子　　138

明星小档案　　139

有种力量，叫坚持！　　140

第七章　我不是优等生

命运可以随时拐弯　　142

坏孩子也一样有着成长的特权　　144

叛逆是一柄闪亮的双刃剑　　146

趣味名著
《射雕英雄传》　　147

老师，好想好想亲亲你　　148

天使的那堂课　　150

玻璃心　　152

爆笑图片　　154

关于好学生和差学生　　156

一个考过五分的差生　　158

唯有心能让心回头　　160

好书推荐
《大漠苍狼》　　161

你已经不需要家访了　　162

鲁豆为老师设计的减肥计划　　164

第八章 校园"大事"记

我是班长 166

老师穿着黑布鞋 168

闪电行动 170

明星·小档案 173

一次演讲 174

班主任嘴里的"咱们班" 176

让老师哭笑不得的考卷 178

神秘的奖品 180

几分钟的夜路 182

竞选的烦恼 184

好书推荐
《窗边的小豆豆》 185

站在暴风雪中 186

第一章
课堂上的那些事

找优点

语文课上，李老师在前面滔滔不绝地讲着，沈飞扬在后面用手拽着女生的头发。女生含泪报告李老师后，李老师怒不可遏地喝令沈飞扬滚出教室。沈飞扬大大咧咧地站起来，趾高气扬地向外面走去，走到讲台边向全班同学做了个鬼脸，将门摔得砰的一声。

是可忍，孰不可忍。李老师将书本往讲桌上一摔，追出教室。

幽默乐翻天

一只大老鼠误入花店，被一只小花猫追赶。

大老鼠发现无路可逃，就顺手拿起一束玫瑰花准备抵抗。小花猫看到了，立马低下了头，羞涩地说："对不起，我还小……"

沈飞扬孤零零地蹲在操场上，李老师拉着沈飞扬的手，将沈飞扬推到讲台上。沈飞扬摆出一副死猪不怕开水烫的架势，头高高地仰着，盯着天花板，一脸的不屑。他将双手放在裤兜里，裤兜里装着他在操场上弄的沙子。如果李老师再羞辱他，他就学天女散花将沙子撒在李老师身上。沈飞扬现在盼的就是将事情闹得不可收拾，学校将他开除后，他就不会在这牢笼里受煎熬了。

李老师用右手食指点着沈飞扬的脑门说："我让全班同学给你找优点，你现在就认真听着，看你究竟有多少优点。"

沈飞扬是学校最调皮捣蛋的学生。他上课说话、不做作业、骂人、打架、顶撞老师、侮辱女学生，简直就是个"十恶不赦"的小坏蛋，学校早就将他内定为劝退的重点对象了。李老师认为就是拿着放大镜也难找到沈飞扬的优点，找不到沈飞扬的优点，就证明沈飞扬是个无可救药的坏学生。

同学们叽叽喳喳议论一阵后，一些学生陆续站起来发言。

"沈飞扬成绩差，他不会做作业，抄别人的作业，这说明他采纳了老师的部分建议，愿意交作业。"

"沈飞扬调皮捣蛋，但心地善良，那次为灾区捐款，他捐得最多。"

"沈飞扬宰相肚里能撑船，老师经常批评他，他从不记仇，见了面仍然向老师打招呼。"

沈飞扬的一只手已从裤兜里掏了出来，双眼殷切地望着他的同班同学。

"沈飞扬关心别人，我生日那天，他给我买了生日贺卡！"

"沈飞扬拾金不昧，他将拾到的一元钱交给了校长。"

"沈飞扬意志坚强，虽屡考屡败，但屡败屡考，相信他有一天能将成绩赶上来。"

沈飞扬的另一只手也从裤兜里掏了出来，羞愧地低下了高昂着的头。

"我们是文明班级，出现沈飞扬这样的学生，说明我们关心帮助他不够，我们愧对文明班级的光荣称号。"

再看沈飞扬，头低着，大滴大滴的眼泪从他眼眶里流出来，砸在讲台上。

本想借学生之口羞辱沈飞扬，给这个桀骜不驯的学生一个深刻的教训，没想到同学们没拿放大镜竟找出了沈飞扬这么多优点。李老师静静地站在讲台上，陷入了深思……

期终考试表彰大会上，沈飞扬破天荒地登上了领奖台。

校园小记者多多的 采访手记

　　为他人开一朵花，自己也会得到满怀的芳香。方便他人，也是方便自己。

小机灵多多的爆笑生活

啪啪啪

亮是我的同班同学，座位在我的前面。亮上课的时候身子从来都是斜着的，作业本上的字更是找不出一个正的，乍一看像刮东北风。答题卡上的铅笔印像淘气的小蝌蚪，一个个都跑到格子外。

亮一天到晚很少离开自己的座位，始终保持沉默。课下或体育课的时候，当别的同学都在教室前或操场上跑步、跳绳、打羽毛球、做游戏，尽情地玩耍、活动时，亮却只能一个人默默地坐在教室里，手托着腮，嘴里咬着笔杆，出神地望着窗外，望着紧靠窗子的那棵白杨树上的一只小鸟，一会儿从这个枝头跳到那个枝头，一会儿又从那个枝头跳到另一个枝头。每当这时候，亮的眼睛里总是雾蒙蒙的。这一切都是因为可恨的小儿麻痹症的缘故。我敢说，要不是身体的残疾，亮一定是我们初二（3）班最帅气的男生。

我们上体育课的操场在教室的东边，与教室仅一墙之隔。那一天，我们都去上跳绳课了，这是我们最喜欢的体育课。也许太过兴奋和高兴，跳绳时一不小心我的脚崴了。老师要找个同学送我回教室休息，被我拒绝了，坚持着自己一瘸一拐地走回教室。

好不容易挪到教室门口，操场上响起了一阵"啪啪啪"的拍掌声，这是体育老师和同学们拍手下课的声响。墙外的"啪啪"声未停，教室里紧跟着响起了"啪啪啪"几声清脆的拍手声，接着听到亮"可以休息了"的说话声。我很诧异：每次上体育课，只有亮因为身体原因不能参加，独自留在教室里看书，从不允许别人无故不上体育课。今天这是怎么回事，难道还有谁没去上课？

我坚持着挪进教室，发现只有亮一个人坐在课桌前正微笑着。原来是他在自言自语！见我进来，亮的脸刷地红了，他不好意思地说："我……我虽然不能上体育课，可我和同学一样，都属于这个班集体，必须遵守同样的规定……"一种异样的感觉涌上我的心头。我的心灵震撼了，我仿佛看到鸟儿对飞翔的渴望，禁不住脱口而出："亮，我刚才当了逃兵，没有上完这堂课，让我们一起拍手下课好吗？"

亮惊异地看着我，犹豫了片刻，然后伸出了那双干瘦如柴的手。刹那间，"啪啪啪……"教室里骤然响起了整齐、响亮的拍掌声。

第二天，我把昨天目睹的一幕悄悄告诉了教体育课的马老师。马老师先是惊讶了一声："这是真的？"接着沉默下来，陷入了沉思。好久好久，他仿佛作出了某种重大决定，神情庄重地点了点头。那一刻，我看到马老师的眼睛红红的。

又是一节体育课。这天，马老师早早来到教室，径直走到亮的跟前，弯下高大的身躯，亲切而郑重地说："亮，全班54个同学，每一个同学都是这个大家庭中不可缺少的一员。请原谅老师以前对你的疏忽。让我们一起去上今天的体育课好吗？"

亮抬起头，那双眼睛瞪得好大好大，他一会儿看看老师，一会儿又看看周围的同学。看着看着，蓦地泪水潸然而下。

教室外队伍早已整好了，每一个人都在静静等待着。亮不再犹豫，不再迟疑，他轻轻推开好心帮扶他的同学，艰难地站起来，歪斜着身子，一步一步，挪出教室，站到了队伍的前面。队伍开动了，像一条潺潺的小河缓缓向远处移去……

"叮铃铃"，45分钟眨眼过去了。一直坐在树下看同学们上体育课的亮，立即艰难地站起来，歪斜着身子，走到队伍前面。体育老师高声喊道："下课！"接着手一抬，"啪啪啪"，54双巴掌同时抬起来，整齐的队列骤然变成了声音的海洋。亮笑了，全班同学笑了，马老师也笑了。

校园小记者多多的**采访手记**

集体就像一个圆，少了谁都会变得残缺不全。让我们用爱把每个心灵交织在一起，我们的集体才会完美。

早读课的铃声早已响了，从我们的教室里传来琅琅读书声。林老师坐在讲台前专注地批改作业。门口，出现了一个极不协调的身影。他背着沉重的大书包，那瘦小的身体在风中显得那么无助。没有人注意到他，包括林老师，他只是默默地站着。

他沉默了许久，喊了声"报告"，声音随即淹没在我们的聒噪声里，还是没人看到他。他背正了书包，取下了脖子上的红领巾，大声喊道："报告！"

我们都没了声音，个个将目光投向他，林老师也停下了手中的笔，转过头看着他。

"报告！"他又喊了一声。

"张浩，迟到了？"林老师推开椅子，站起来说，"为什么迟到？"他似乎很感兴趣。

张浩耷拉着脑袋，有些不好意思："我……我起晚了！"

"起晚了？"林老师很惊讶，又好气又好笑。他侧着身子，双手交叉着放在胸前，来到他跟前，把他带到教室后边空荡荡的地方，开始了一场"无休止"的"审问"。

"家里没人吗？"

"有的，妈妈在家。"

"她不叫你起床吗？"

"她以为我已经走了。"

"昨天晚上在玩电脑？"

"没有。"

"那怎么这么……"

张浩依旧低着头，林老师则是一副"不问到底誓不罢休"的架势。直到做操铃声响了，林老师还没放过张浩。我真怀疑林老师以前是不是当过专审地下党员的国民党特务啊！

"再也不许迟到了！"

"哦哦哦！"张浩忙不迭点头，可是谁又能保证他永远不会迟到呢？

不过，我想张浩也许会再次迟到，但他不可能不掂量林老师那无休止的"审问"手段，那绝对可以把人折磨得精疲力竭，近乎绝望。

唉！我们的林老师。

校园小记者多多的 采访手记

对犯错的学生，老师们各有各的绝招。林老师无休止的"审问"，如和风细雨，却行之有效，佩服。

◆笑解《三国》

1.刘、关、张桃园三结义，仪式完毕后三人各自高高兴兴地散去，张飞更是乐得合不拢嘴，逢人便吹自己找了个靠山。一天，有人讥笑道："一个卖草鞋的，你竟然拜他为大哥，高兴个啥呀？"张飞不服："人家是当朝的皇叔，怎么了？"但心里还是犯嘀咕。几天后遇到刘备，终于忍不住问道："大哥，人家都说你是当朝的皇叔，对不？"

刘备笑而不答，张飞急了："到底是不是啊？"刘备叹息道："兄弟别问哥，哥只是传说。"

3.刘备兄弟三人一连两次去拜访诸葛亮，却没能见到人，张飞早已耐不住性子："大哥，你何必对那书生如此低三下四，待我将那厮捉了，一顿暴打，看他还敢神气。"

刘备摇头："兄弟你不懂啊，大凡这些隐居的世外高人都喜欢躲猫猫。"

5.关羽虽然归顺了曹操，但心里挂念的只有兄长刘备。曹操当然知道，所以一面好酒好菜地笼络他，一面散布谣言，说刘备恐怕已经被人杀了。眼看着时间一天天过去，曹操心中暗喜。可是一天突然手下来报："主公，关羽跑去找刘备了。"

曹操大失所望，连连摇头："我把各种消息渠道都封锁了，他如何知道刘备的下落？"

手下解释道："听说关羽动用了人肉搜索。"

2.诸葛亮用计三气周瑜，心地狭隘的周瑜气急而亡，诸葛亮竟然去吊唁，而且哭得像真的似的，弄得老实的鲁肃都看不过去，忙过来说："好了好了，别哭了，装得还真像，公瑾是你的死对头，他死了，你最高兴，哭个啥呀！"

孔明仰天长叹："看当今天下，能与我分庭抗礼者，唯公瑾一人而已！"

鲁肃接茬："是啊，这下不就好了，你怎么还哭呀？"

孔明又流下了几滴眼泪，说："你不懂，我哭的不是公瑾，是寂寞。"

4.曹操在平汉中时，连吃败仗，欲进兵，怕马超拒守。欲收兵，又恐蜀兵耻笑，所以心中犹豫不决。一日烦闷，就在帐内健身，这时夏侯惇入帐，禀请夜间口令，曹操随口答："俯卧撑！"杨修见令俯卧撑，便让随行军士收拾行装，准备归程。将士们问何以得知魏王要回师，杨修说："俯卧撑，俯卧撑，料也撑不动了。"

曹操得知此事后震怒，即刻下令处死杨修。

6.曹操为了调动士兵的积极性，谎称前面有处梅林，梅子正熟，众将士立即口水直流，一路疾驰而去，可惜终不见梅子，于是有人熬不住了，问："丞相，您说的梅子在哪里啊？"

曹操大笑道："这事不能说得太细。"

7.马谡丢了街亭，孔明只好独守空城，不过山人自有妙计，孔明做了精心部署，只等司马懿大军杀到。司马懿看到一座不设防的空城，顿时疑惑起来，正迟疑间，忽然身后响起一阵呼喊声："司马懿，你妈妈喊你回家吃饭。"

司马懿掉头就走，边走边喊："回家吃饭喽！"

给美丽做道加法

就像平静的湖面落下一枚银币，突然的声响，惹得满教室的"花朵"晃起来。靠窗那排坐在最后的同学，弄碎了一块小镜子。

这是上午的第二节课，老师的讲述已停下来，同学们正进行课堂练习。初冬的阳光从窗外涌进来，流淌在摊开着的课本上的字里行间。在教室的课桌间来

回踱步，看长长短短的七排秀发及秀发下亮晶晶的112粒黑葡萄，捕捉沙沙的写字声合成的音乐，男老师感觉到自己好像一位农民在田间小憩，擦汗的同时聆听着庄稼的拔节之声。

一个小姑娘心爱的小镜子摔坏了。

教室里有了低低的议论声音：

"臭美！扮啥酷呀！"

"上课怎么能照镜子？"

"活该受批评了。"

"看老师怎么办？"

老师没有言语，他有意无意地听着同学们的每一句议论。这些女孩子呀，全是十五六岁的年纪，作为旅游职中的新生，她们的脸蛋、身材、口齿都是经过精心挑选的，一笑甜爽爽的，开了口也如一巢出窝的小鸟，三五分钟是静不下来的。男老师的心里笑着，他知道她们在讲台下的

幽默乐翻天

妈妈回家后，看见儿子正在照镜子。

"宝贝儿，照什么哪？"妈妈问。

"妈妈，我也不知为什么，今天老师突然夸我长得漂亮，我想知道怎么回事。"儿子答。

"是吗？老师怎么说的？"妈妈很感兴趣。

"老师说：'这么漂亮的小伙子怎么不干漂亮事呢？'"儿子答。

反应。

其实，开始练习后不久，老师就看见那位同学悄悄摸出了小镜子。他看到她将镜片偷偷压在作业本下，写几笔作业就照一照。借着阳光，一只蝴蝶状的淡黄色的发夹舞动在她的前额，花季的脸真是漂亮。

男老师想提醒她，但一时没有想好合适的话。现在经同学一催化，他忽然有了一种灵感。他微笑着先开口问了一个物理问题："请说说平面镜的作用。"

"有反射作用。"这很简单，全班56个同学几乎异口同声地回答。

"是啊。"老师说，"同学们，几分钟前，我们教室里56位同学变了57朵花，有一个同学借镜子反射出一朵。但是，镜中的花是虚的，镜片只能反射美丽，并不能增加美丽。"

"要增加美丽，或者让美丽面对岁月雨雪风霜的一笔笔减数依然保持总数

不变，我们唯一的办法是从另一方面给它再一笔笔添上加数。这加数是指，我们一次次做进步的努力，一次次为自己的目标不轻言放弃，或者，一次次向我们的周围伸出自己的援手……而此刻，对坐在教室里的你来说，帮助你增加美丽的是你桌上的书本。"

再也没有任何声音，一池吹皱的春水再度平静。

当天晚自习时，那个照镜子的小女孩在日记中写下了这么一句话——给美丽做道加法。

校园小记者多多的 采访手记

美丽的外貌不会伴人一生，因为它经不起岁月侵蚀。但我们可以增加心灵的美丽，让美丽成为生命中的永恒。

小机灵多多的爆笑生活

加西莫多的心灵

在我们六（1）班的最后一个星期天，为了提高大家的集体主义精神，我提议搞一个Party，主题是大家集体过一个12岁生日，庆祝自己即将是中学生了。提议很快得到了大家响应，并生发了很多创意：击鼓传花、接唱歌曲、互赠礼物……

作为礼物，我送大家一个生日蛋糕，同学们则预备了41个彩盒，算我在内，每人一个，写上名字，大家来后自主地往里放赠送的礼品。那天大家互相赠送的礼品，大多是糖果，最多的是各种各样的巧克力，片的、块的、饼的、球的……

距约定时间还有半小时，一切准备工作已完全就序，只是陈强还没有来，大家都交头接耳地等着，有点着急。陈强是一个长相有点怪的同学，说他长得怪，主要是因为他的鼻头很大，个子很矮，说话嗡声嗡气的，学习也不算很好，但陈强人很老实，为人也很宽容。所以有几个淘气的男生总叫他大鼻头，拿他开玩笑。本来，他的大鼻头可以去市里医院治好的，但他家生活很困

难，父母都下岗了，拿不出那么多钱来。陈强会不会是因为拿不出像样的礼品，不好意思来呢？第一次集体活动，我可不愿意有掉队的。我担心起来。

唐寒和同桌李阳有点不耐烦了，他们小声地嘀咕着什么，从他们的语气，我猜想他们一定是说"大鼻头"之类的话，这两个淘气包！后来，他们双双跑出教室。

我出去接了一个电话，回教室时，发现他们也回来了，我觉察到有很多同学把异样的目光投向了我。哦，礼品盒子有了点变化，主要是陈强的盒子里的糖果，包装精美的巧克力，都缩水了，糖纸还是那样的糖纸，糖果却变得很小。我注意到，地上有了一些水果

糖的包装纸，这是一种很咸并且有点酸的低档糖果，现在的小孩子大多不吃了。还有，唐寒、李阳和几个男同学的嘴角都挂着巧克力的颜色。

我当然不能允许在这个场合开陈强的玩笑，但也不能在这个场合批评大家，就说："时间还有十几分钟，我先给大家讲一个故事。"大家一听要讲故事，一齐喊好。

我给大家讲一个加西莫多的故事，这是小说《巴黎圣母院》中的一个敲钟人，相貌极其丑陋，又聋又跛，他受尽凌辱，却忠诚、勇敢、心灵纯洁、高尚……加西莫多的故事感染着大家，教室里很久没有人说话。唐寒和李阳的脸红红的，羞愧地低垂着头，一声不响，那些参与过刚才行动的人，也都局促不安地互相看着。

显然，讲这个故事的效果很好。我补充说："我提议，在取礼品盒时，可以自由交换。"没等大家回答，我又说："没有人反对，就通过了！"我的想法是，等到开始取礼品盒时，把我的那盒换给陈强。

规定时间到了，陈强没有来，又等了十分钟，陈强还没有来。我有点遗憾地宣布："六（1）班12岁生日Party开始，请大家取自己的礼品盒！"

这时，教室门"哗啦"一声开了，陈强跑进来。他说："老师，我迟到了吧？"我

有点感动地说："没有，你时间把握得正好！"陈强说："老师，我请求先把我的礼品发送给大家。我给大家每人带来了一块松仁饼，这是我按照爸爸的食谱，在妈妈帮助下精心制作的，这也代表了我们全家的心意。为了保证热乎，刚烙完。"

在我同意后，陈强用筷子，把饭盒里的松仁饼一一发给大家。大家吃着从来没有吃过的又酥又甜的松仁饼，啧啧称赞。这时的陈强，嘴角、眉梢都洋溢着微笑。

随着大家开始取自己的礼品盒，唐寒和李阳争着把陈强的礼品盒抢走了，还把剩下给陈强的礼品盒添得高高的。

唐寒和李阳的脸又红了，我想，他们一定是为能及时弥补自己的错误而激动吧！我很欣慰，小学时代的错误终于没有升级到中学去噢！

爆笑作文

孔子小时候，他与哥哥分梨子，一个大的，一个小的，他妈妈让他选择，他只拿了一个小的，这就是有名的孔融让梨的故事，并非孔子吃不完那个大梨子，而是他自小就有着这种正确的选择，以至后来，成为中国历史上伟大的思想家。

·师评：我明白了，孔融原来就是孔子！

校园小记者多多的 采访手记

丑陋的外貌无损于美好的心灵，我们却习惯于以貌取人。忘却丑陋，付出友爱，这个世界才会更美好。

爆笑图片

白菜鱼！

隔栏相望！

不幸的跳伞！

不要怀疑我的速度！

看我跳街舞！

捕食中，不要靠近我！

测个视力！

采集圣火！

鳄鱼汽车！

冬瓜小·猪！

秋季学期，班主任让一个刚从乡下转学来的男生孙梓跟我坐。

鸟之歌

坐到位子上没一会儿，我就离他远远地，向窗外看，看到一根枫树枝，都长到教室窗玻璃跟前了。

忽然，一只小鸟飞过来，落在那枫树枝上，啾啾，好像在跟我说话。没一会儿，我就走神了。

语文老师发现了，马上将我军："周以璇，课文中提到的'四书'指哪几种书？"

我慌了！

孙梓看我站着尴尬，小声说："经、史、子……"

听他说出"经、史、子"，我马上想起"集"。眼对他一瞥："谁不知道？"抬头回答老师："经、史、子、集。"

语文老师见我总离孙梓远远的，建议班主任，干脆把孙梓调到最后一张空桌上。

孙梓调走了，可我还想看小鸟。

下课后，语文老师把我叫到她办公室，狠训一顿。

趁她火气小一点，我小声申辩："窗外，有，有一只小鸟……"

"小鸟？周以璇，你也学会说谎了，是不是？"老师缓了缓气，"好！你带我去看！"

我十分无奈，领着她来到教室后边我坐的那个窗口，看看——那根枫树枝上，空空的，连小鸟的影子也没有。

小鸟哪去了呀？……我慌了！

我一慌，她更证实了我在编，笑笑说："走吧，收起你的谎言！周以璇！好好给我写份思想汇报，说说这几天为什么不好好听语文课。"

语文老师走了。

班主任老师来上数学课。

书还未打开，窗外一阵啾啾声又传到我的耳朵里，我掉头一看那只美丽的小鸟，准时出现在那根树枝上——它似乎知道我该上课了？

幽默乐翻天

某国总统与国务卿等要员搭飞机出国访问，途中总统突发奇想，说："我抓一张100元的钞票丢下去，让捡到的人乐一下，好不好？"财政部长："丢两张50元的，让两个人乐一下。"国务卿说："换成1元的钞票，让更多的人乐一下。"这时机长回过头来说："总统先生，您为什么不抓自己丢下去，让全国人民都乐一下呢？"

班主任老师，不像我们语文老师那样性急，他大概要弄清我这几天不听讲的原因，轻轻走到我桌边，顺着我看的方向往外看，看到一只小鸟，就小声对我说："它很美！你喜欢它吗？"

"嗯。它会唱歌。"我看着他的眼睛说。

"我看它好像不是在唱歌，我倒觉得它好像在呼救。好，下课后我们一同去看个明白。先上课好吗，周以璇？"

课后，班主任老师悄悄领我来到教室后边。

网络名词秀 SEARCH Q

1.谎言与誓言的区别在于：一个是听的人当真了，一个是说的人当真了。

2.知道你过得不好，我也就安心了。

3.真正的好朋友，并不是在一起就有聊不完的话题，而是在一起，就算不说话，也不会觉得尴尬。

教室后边的树枝上，有许多那样漂亮的小鸟，它们看到人，"哄"地一下都飞走了。树枝上只剩下一只小鸟，那只小鸟拼命地叫着，拍打着翅膀，就是飞不走。

班主任老师仔细一看，那小鸟的脚，被一缕尼龙丝缠住了！忙找来一架升降梯，爬上树去，一缕一缕解开缠在小鸟腿上的尼龙丝。

小鸟扑扑腾腾，一眨眼，飞到它的同伴那里去了——我这才明白，那只小鸟为什么在窗口对着我叫。

班主任老师从梯子上下来，对我说："谢谢你，周以璇！要是再过两天没人发现，这只小鸟就会死掉！"老师继续说："小鸟们的行为，很能引发人的思考和联想，你完全可以写一篇作文。"

我没有马上接班主任老师的话，想了想说："老师，让孙梓回来吧！"班主任老师一听，点点头，若有所思……

校园小记者多多的 采访手记

尼龙丝缠住了小鸟的腿，偏见缠住了我们的心。学会理解，学会从他人的角度看问题，我们的心灵会更自由。

小·机灵多多的爆笑生活

中指戴个钢笔帽

我在黑板上快速写了一道代数题，就把目光转向讲台下的52名学生：会解这道题的同学请举手。教室里齐刷刷地举起一片小手。

我留意到座位靠后的一位男生。见其他的同学都举起了手，他迟疑了一下，也举起了手。我知道，这位学生是前几天从外校转来的，名字叫李小鹏。我说："李小鹏同学，请你上来解这道题。"

李小鹏迟疑着不肯到讲台上来。我以为他刚来，怯生，就鼓励他："来，不要怕！"李小鹏还是不肯挪动脚步，脸也霎时红了起来。我催促道："快些呀，不要磨蹭！"李小鹏站在那里一动不动，嘴唇却嚅动了几下，我有些急躁："你说大声一点儿，我听不清楚。"李小鹏的神情越发窘迫："老师，我不会解。"话音刚落，教室里的同学立时哈哈笑起来。这笑声使我猛然回忆起了10年前的那一堂课。

那天，也是上数学课。教我们数学的是一位鬓发花白的姓秦的老师。秦老师在黑板上刷刷刷写了一道代数题，说："会解这道题的同学请举手！"看到同学们都举起了手，刚转到这所学校里来的我也举起了手。我心存侥幸：全班53位同学，老师提问我的几率只是1/53。然而，1/53的几率偏偏让我赶上了。当时，我低着头，恨不能在地上找个窟窿眼钻进去。

下课后，秦老师把我叫到他的办公室，我把我的想法竹筒倒豆子般地倒给了秦老师。秦老师略一思忖，给我出了一个主意："以后，我提问的时候，如果你不会，就在右手的中指上戴个钢笔帽。"从那以后，只要是我中指上戴着钢笔帽，秦老师就从没有提问过我。

我开始发奋学习，结果，我以优异的成绩考入市一中。这几年，我一直在想，就是那个戴在中指上的钢笔帽改变了我的人生轨迹。

下课铃声打断了我的回忆。我把李小鹏叫到办公室。问明情况之后，我也效仿当年秦老师的办法，和李小鹏有了一个约定：中指上戴个钢笔帽！

校园小记者多多的 采访手记

虚荣心的背后是自尊。中指上戴个钢笔帽，就像给自尊穿上一件保护衣。呵护他人的自尊，也会让自己得到一份尊重。

不放弃任何机会

吉拉德13岁那年，在学校决定放寒假的最后一天，他们的班主任老师弗朗西斯小姐说："这是今年的最后一课，大家来开个联欢会吧，因为明年我就要调去别的学校任教了。"

接着，弗朗西斯小姐宣布，每个人表演一个节目，因为她想深深地记住每一个同学的面孔。坐在角落里的吉拉德便紧张得喘不过气来了，一向胆小内向的吉拉德，从来没敢想象过，自己当众表演一个节目，那将是一种令人尴尬的情形。

一时间，全班都陷入了沉默。当弗朗西斯小姐的目光扫到吉拉德的时候，他不由自主地低下了头。谢天谢地，弗朗西斯小姐点了安东尼的名字。安东尼站起来唱了一首歌。其实，他也会唱这首歌。吉拉德想，如果弗朗西斯小姐下次喊到他，他就唱一首名叫《上帝之手》的歌，并且唱得比安东尼还要好。

可是，令吉拉德没想到的是，坐在他旁边的布赖恩站了起来，大声说："老师，我来唱一首《上帝之手》。"吉拉德真后悔。就在他在心里狠狠地骂自己是胆小鬼的时候，布赖恩唱完了。在大家热烈的掌声中，一位叫露西娅的女生站了起来，她说："老师，我不会唱歌，不如我就念一句台词吧。"老师同样高兴地点了点头。

吉拉德想，我怎么就没想到念一句台词呢？于是，他决定，下次他一定为大家念一句台词。就在他正思考着念哪句台词的时候，阿德里站了起来，他说："老师，我给大家讲一个小笑话吧。"阿德里的笑话讲完了，全班同学都在大笑，吉拉德却将头埋得低低的，手心里全是汗水。因为他实在是太后悔了，怎么就没想到讲一个笑话呢？

就在吉拉德决定勇敢地站起来，给大家讲一个笑话的时候，弗朗西斯小姐宣布："今天的节目就到此为止吧。"这件事让吉拉德失落了好长一段时间，同时，也让他深深地明白了一个道理：机会来了，如果你没能好好地把握，一眨眼便被别人抢去了。

校园小记者多多的 采访手记

机会是自己创造的，而不是等来的。放弃机会，只会得到无尽的遗憾。抓住机会，展示自己，离成功就会更近些。

请写一则寻找妈妈的寻人启事

在作文课上，老师教完了应用文写作后，当场给学生们布置了一个题目：假设自己的妈妈丢了，请每一个人写一则寻人启事。老师还给每个同学发了一份寻人启事样本，大家可以照葫芦画瓢，但是里面的内容必须根据自己母亲的真实情况撰写。

同学们似乎还没有反应过来，自己的妈妈丢了，写一则寻人启事？面对着寻人启事样本，同学们一时都不知道该如何下笔。

见同学们都没什么动静，老师说："这样吧，我再讲一遍寻人启事的要点，大家一边听，一边写。首先，写下丢失人的姓名。"大家埋头在纸上写了自己妈妈的名字。

老师说："性别。"

女。大家刷刷写下。

"丢失人年龄。"老师的话音刚落，班级里就炸开了锅。有人说："我妈好像42岁了吧。"有人说："我妈妈从来没告诉过我她多大啊。"有人说："我今年14岁，我妈妈该有三十八九岁了吧？"几十个同学，竟然没有一个人能够准确地说出自己妈妈的年龄。

老师摇摇头："年龄先空着吧。下面是最重要的部分，请写出丢失人的体貌特征。"

"我妈妈特别爱唠叨……""我妈妈很勤快，每天都要洗很多衣服，还要做饭，搞卫生……""我妈妈总是要管我，连电视都不让我看，说我浪费时间……""我妈妈最疼我了，有什么好吃的都留给我……"大家七嘴八舌，似乎对自己的母亲很了解。老师打断了大家的话："同学们说的，也许是你母亲的特点，但是，现在请大家写的是母亲的体貌特征，比如脸上有颗痣，手背上面有道伤疤，腰杆有点弯曲什么的。"

同学们停止了议论，歪着脑袋，努力回想着妈妈的形象。每天都见到的妈妈，到底有些什么体貌特征呢？脸上有没有长痣？好像是有的，

幽默乐翻天

有一天，母亲不在家吃晚饭，7岁的女儿坐在妈妈的位置上，假扮妈妈。比她小一岁的小儿子很不服气，说："你自以为今天是妈妈吗？你知道99乘5是多少？"

女儿不慌不忙，毫不犹豫地回答："孩子，我没空，问你父亲吧。"

但想不起来在哪儿了。妈妈干活时，经常会受伤，可是哪儿留下过伤疤？倒真的没注意过啊。妈妈的腰杆这几年确实有点弯曲了，总是直不起来，可能是太累了的缘故吧？可是，好像每个人的母亲都是这样的啊，这也算是体貌特征吗？

同学们勉强写下了几个特征，既像是自己母亲的，又好像不太像。

老师说："请同学们再写下，今天，妈妈穿的是什么衣服和鞋子。如果妈妈真的丢了，那么，最后离开家时穿的衣服，将是很重要的辨认依据。"

班级里再次炸开了锅。穿着干净、漂亮衣服的同学们，叽叽喳喳地议论开了：哪个同学早上新穿了一双运动鞋，大家立即注意到了；最喜欢的那个电影明星，喜欢穿什么样式什么牌子的衣服，大家总是一清二楚……可是，早上和自己一起出门，甚至骑着车子将自己送到学校门口的妈妈，穿着什么颜色的衣服，什么样式的衣服，却真的没有留意，

从来也没有留意。

作文课彻底失败了，一个简单的寻人启事，竟然没有一个同学写完整、写准确。最后，老师面色凝重地对大家说："不是寻人启事难写，是大家对自己的妈妈根本就不关注、不了解啊。"

其实，记住爸爸妈妈一点也不难，只要用心，就足够了。眼睛看到的会漠视，或者忘记，而用心记住的，会珍藏一生。

校园小记者多多的 **采访手记**

我们之所以会忽视父母，是因为我们习惯于接受爱。如果我们能用爱的心灵去关注他们，这份爱会铭记一生。

小机灵多多的爆笑生活

打瞌睡的后果

夏日炎炎，燥热的阳光一股脑儿倾泻下来。我们瞌睡连连，都急着和周公浪漫手牵手。今天的数学课安排在下午，更让人受不了。

小葛老师走进来，见我们个个无精打采，便用书猛地砸在讲台上，同时"厉声长啸"，效果超过了"佛门狮子吼"。一群人吓得抬起头，心脏骤然狂跳数百下。小葛老师微微笑道："刺激吧!"我也迷迷糊糊的，这一声巨响，还以为是地震或是打雷，后来才知道是小葛老师在施展"绝世神功"，气得我恨不得把他绑在黑屋子里，让他看两天《午夜凶铃》，再问他刺不刺激。小葛老师见我们都抬起了头，这才满意。

众人吸取了"革命教训"，见识了小葛老师"开碑掌"、"狮吼功"的厉害，都拼命地招着大腿，纷纷与周公说再见。我也睁大眼睛，将快要合拢的眼睛睁得滴溜圆。

哈! 这才过了10分钟，某位仁兄挡不住周公的诱惑，和它再度牵手，再续前缘了。

小葛老师用锐利的目光一扫，随即一招"凌波微步"，像一片飘飞的羽毛般轻盈、温柔地飘向那位仁兄。"啊!"教室里传出一阵惨叫，如杀猪一般。与刚才小葛老师温柔的动作形成鲜明的对比。

怎么了? 怎么了? 没看清? 让我按倒退键再给大家回放一遍!

小葛老师的那只手伸向这位仁兄的脖子，使了使劲，狠狠地招了他一下。他那弯曲、软塌塌的脊背瞬间直了起来。

"小葛老师你干吗招我!"这位仁兄哀怨连天。

"嘻嘻! 可是我看到你晕得趴在桌子上了，就差给你做人工呼吸了!"小葛老师似笑非笑。全班顿时大面积沦陷于笑声中。

小葛老师边潇洒地用那自创"葛氏草字"写下了一道道公式，一边说："现在真的要人工呼吸了，把知识的空气，吸进脑袋里面!"

校园小记者多多的 采访手记

小葛老师之所以受到学生的喜爱，是因为对学生深沉的关爱。付出爱，我们才会得到更多的理解与尊重。

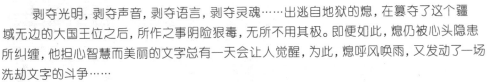

《黄琉璃》

作者：曹文轩

剥夺光明，剥夺声音，剥夺语言，剥夺灵魂……出逃自地狱的熄，在篡夺了这个疆域无边的大国王位之后，所作之事阴险狠毒，无所不用其极。即便如此，熄仍被心头隐患所纠缠，他担心智慧而美丽的文字总有一天会让人觉醒，为此，熄呼风唤雨，又发动了一场洗劫文字的斗争……

可他万万没有想到，有本书从万丈火焰中腾空而出，飞上了夜空。它是书中之书，是大王书。它的新主人是牧羊少年茫。茫是一个沐浴天地灵气而长大的少年，在危难时刻被成千上万的难民拥立为王。

于是，在刀光剑影的漫漫长夜里，茫带领他的军队与熄及巫师团展开了殊死较量，最终攻克藏有光明的魔袋的金山，使成千上万的失去光明的生命得以拯救；挥泪告别金山后，茫军又开始浩浩荡荡地向南方的银山大举进军……

作为王，茫有时深感无奈、困顿与不自由，甚至渴望回到从前放羊时的自由自在、无忧无虑，但却有一种力量在推动着茫带领他的军队勇往直前，永不言败，这就是：一定要摧毁熄和他的罪恶王朝，拯救天下

"大王书"系列是北京大学中文系教授曹文轩历时八年精心构思而成的，它是曹文轩迄今为止花费心血最多、最为重要的作品，幻想与文学融为一体，既具有作者一贯的美学风格，又内容新奇独特，极富探索之风。《黄琉璃》是曹文轩多卷本长篇小说"大王书"系列的第一部。作家调动非凡的想象，描绘了一个风烟瑟瑟、扑朔迷离的陌生世界，演绎出千军万马攻城、追击、迎战的宏大战争场面，刻画了一个少年王波澜起伏的成长历程。捧起这本书，你会在千军万马的词语大军中获得最大的阅读快意。

螺帽如何浮在水面上

初二时，汪老师给我们上物理课，兼做班主任。

那堂课上讲的是浮力。

上课前，汪老师让物理课代表去实验室，拿了一个玻璃缸，打了一缸水，放在讲台上。

上课铃响了，汪老师拿着课本，还带了一个手提包，走上了讲台。

汪老师从日常物理现象入手，引入浮力这个概念：液体对浸在其中的物体，具有竖直向上的托力，这个竖直向上的托力就是浮力。

汪老师从手提包里拿出一个塑料瓶盖，问我们："这个能浮在水面上吗？"

"能。"

汪老师把瓶盖放进玻璃缸，瓶盖像一艘船，漂浮在水面上。

汪老师又从手提包里拿出一个螺帽，问我们："这个能浮在水面上吗？"

"不能。"我们几乎是异口同声地说。

汪老师把那个螺帽放进玻璃缸，螺帽很快沉到了水底。

汪老师从水里拿起螺帽，对我们说："同学们，请想个办法，让这螺帽浮在水面上。"

有的同学笑了，说："螺帽要浮在水面上，除非是做梦。"有的同学却在思考怎样解决这一问题。

过了几分钟，汪老师问："有谁想好了吗？"

整个教室鸦雀无声，没有谁能解决这一问题。

汪老师笑了，从手提包里拿出一块泡沫，放进玻璃缸里，泡沫浮了起来。然后，汪老师拿出螺帽，稳稳地放在了泡沫上。

教室

幽默乐翻天

爸爸和儿子经过乐器行，儿子要求："爸爸，请您给我买个喇叭。"

"但是，我们讨厌喇叭声。"爸爸说。

儿子立刻拍着胸脯说："爸爸，您放心，我保证在您睡着以后再吹。"

里顿时热闹了起来，大家都在议论纷纷。

有同学说："汪老师，这不能算……"

汪老师说："我只是问，螺帽如何浮在水面上，它这不正浮在水面上吗？"

我们的思维像打开了缺口，活跃了起来，大家想出了不少让螺帽浮在水面上的办法。

"用一根线系住螺帽，把螺帽吊在水面上。"

"将一块石头放在缸里，石头刚好露出水面，将螺帽放在石头上。"

"将水冻得结一层冰，把螺帽放在冰上。"

汪老师不住地点着头，说："同学们想的办法都行。接下来的物理课，我们还将学习物体的沉浮条件，到时候大家会知道，如果我们将水改变，也能使螺帽浮在水面上。"

汪老师又问："同学们，其实，这个问题并不难，可大家为什么一开始没有

想到呢？"

同学们都在思考着汪老师的话。

汪老师说："在解决习题的过程中，大家要把思维完全放开，不要局限在一点。在生活和学习中，我们也常常会被一些习惯思维所束缚，不能放开手脚去做事，遇到问题也不能解决。其实，只要我们打破习惯思维，另辟蹊径，许多事情，并不像想象的那么难，很多棘手的问题，其实再简单不过。举例来说，有些同学学习虽然很勤奋，习题做得很多，但成绩却并没有提高，这些同学是不是可以考虑换一种学习方法。有些同学偏科，语文学得好，物理却学得一塌糊涂，这些同学是不是也可以想一想，自己是如何学好语文的，然后用学语文的方法来学习物理……

不知不觉，下课铃响了，汪老师说："好了，今天这堂课就上到这里。"

多少年过去了，我仍然清楚地记得那堂课，每每想起它，都会感到意味无穷。

校园小记者多多的 采访手记

同样一座山，"横看成岭侧成峰"，是因为我们看的角度不同。放开思维，转换角度，也许棘手的问题会变得很简单。

不要让别人偷走你的梦想

我有一位朋友，名叫芒提·罗伯兹，他在圣思德罗经营一座牧马场。他常常把他的房子借给我来举办募捐活动，以帮助处在危险中的青少年计划募集资金。在上一次募捐活动中，他向参加活动的人做自我介绍时，讲了一个激动人心的故事。

很久以前，有一个小男孩，跟着父亲一起生活。因为父亲是一个流浪的驯马师，所以，小男孩从小就跟随着父亲在一个又一个驯马厩之间、一家又一家农场之间来回奔波。正因为如此，小男孩整个中学阶段几乎就是在东奔西走中度过的，功课自然也学得断断续续。在他中学快毕业的那个学期，有一次，老师布置了一项作业，要求写一篇作文，谈一谈自己的理想和志向。

那天晚上，他花了很长时间来写这篇作文，写了整整七页纸。在文章中，他详细叙述了他的远大理想，精心描绘了他的宏伟蓝图。他说，他希望将来能拥有一座属于自己的牧马场。不仅如此，他还绘制了一张占地达两百英亩的牧马场的图纸，并在上面标出了所有建筑物的名称和位置，包括马厩和跑道。他还打算建造一栋占地四千平方英尺的大房子。

第二天，他把这篇凝聚了他很多心血的作文交给了老师。两天之后，老师把作文退给了他。他怀着激动的心情打开一看，只见在作文的第一页上，老师用红笔打了一个大大的"F"，旁边还写着："放学后到我的办公室来见我。"于是，放学之

幽默乐翻天

小明和妹妹一起坐公交车去上学，早上车上人很多，小明刚找到一个座位坐下来，妹妹就拿着一块巧克力对坐着的小明说："哥哥，我用巧克力换你的座位。"

小明是个馋鬼，看到妹妹手中的巧克力，口水都快流出来了。他马上接过妹妹手中的巧克力，把座位让给了她。小明正准备剥开吃，妹妹说话了："别吃，下车我还要换回来呢。"

后，这个怀着美好梦想的小男孩就来到了老师的办公室。老师说："你的这个理想简直就是白日做梦，尤其是对像你这样的小男孩。你一没有钱，二又出生在一个整天流浪的家庭里，第三你没有足够的才略。你知不知道，要想拥有一座牧马场，那是需要很多钱的，你不仅要买一片土地，还要买纯种的马匹，然后，你还要花很多钱来照顾它们。我劝你就别做白日梦了。"老师停顿了一下，又接着说："如果你愿意重新写一个比较切合实际的理想的话，我会重新给你打分的。"

小男孩垂头丧气地回到了家里，苦苦思考了很长时间。最后，他去问父亲。父亲对他说："孩子，对于这个问题，你必须要自己拿主意。因为，无论如何，我认为这对你来说是一个非常重要的决定。"终于，在经过一个星期的苦思冥想和深思熟虑之后，小男孩决定对自己的作文不做任何修改，仍旧按照原样交给老师。他对老师说："尽管您可以继续给我打'F'，但是，我绝不放弃我的理想！"

说到这儿，芒提停了下来，环视了一下越聚越多的人群，接着说道："今天，我之所以要给大家讲起这个故事，是因为各位就坐在一座两百英亩的牧马场

网络名词秀 SEARCH 🔍

1. 广告看得好好的，怎么突然蹦出个电视剧来。

2. 都想抓住青春的尾巴，可惜青春是只壁虎。

3. 我的兴趣爱好可分为静态和动态两种，静态就是睡觉，动态就是翻身。

4. 哪里跌倒，哪里爬起……老是在那里跌倒，我怀疑那里有个坑！

内，坐在一栋占地四千平方英尺的大房子里。直到今天，我还保留着那篇中学时写的作文，并且把它镶在镜框里，挂在壁炉的上方。"

这个故事到此本应该结束了，但是，恰恰相反。正是在两年前的一个暑假期间，故事中的那位老师带着三十名学生来到芒提的牧马场里举办为期一周的夏令营。夏令营结束的时候，在即将离开牧马场之前，那位老师惭愧地说："芒提，现在，我要向你表达我的歉意。在我是你老师的时候，我好像是一个偷窃梦想的人，曾经对你的梦想泼过冷水。在那些年里，我真是偷窃了不少孩子的梦想。幸运的是，你有足够的勇气和坚强的意志，一直没有放弃自己的梦想。"

不要让别人偷走你的梦想！无论做什么事情，请相信你自己！

校园小记者多多的 采访手记

我们因梦想而成长。坚守自己的梦想，相信自己，不要放弃，总有一天，梦想会变成现实。

阿D讲"奇遇"

阿D满面春风地走进了教室。教室里人声鼎沸,阿D用手掌向木制的讲台奋力一击,只听见"啪"的一声巨响,全班同学赶紧端正了各自的坐姿。阿D欣慰的笑容浮现在脸上,他挑了挑浓浓的眉毛,说:"同学们,我要给大家讲一个平常的故事,这可是我的亲身经历!"我心中暗暗不安,阿D不会是要讲昨天厕所里发生的事吧?

"昨天下午,我正要下班回家,突然觉得肚子一阵绞痛,赶紧往厕所跑。"阿D绘声绘色地向同学们讲述着那个故事。

而作为故事女主角的我则在心里惨叫道:"糟了,糟了,阿D真的要讲厕所里的故事啦!怎么办?"

阿D滔滔不绝地讲述着那次"原汁原味"的遭遇,同学们听得津津有味,有些还笑得前仰后合。看着阿D那一张一合的大嘴巴,我第一次有了想捂住他嘴巴的冲动。

"那位不知名的好心女孩,在给我送来手

纸后就走了。悄无声息地走了,没有留下名字,她轻轻地走了,正如她轻轻地来。"阿D诗意的语言把故事里的小女孩(当然也就是我),渲染得无可比拟,好像就是一个不小心坠落凡间的天使。叽里呱啦地啰嗦了10分钟,阿D终于克制住了自己。他深深吸了一口气,亲切地说:"同学们,我们现在开始上课吧!"

上课了?阿D应该忘说了什么吧?我仔细回想阿D说过的每一句话,才记起来阿D没有说那个送纸的女孩到底是谁!难道,难道阿D他根本不知道那个送纸的女孩是谁?看来我刚才的担心是多余的。可是,不知为什么,我的心却有点失落,毕竟被老师阿D表扬的机会不是很多。

"阿竹,《史记》的作者是谁?"阿D一语惊醒我这个"梦中人"。

我扭扭捏捏地站起来,《史记》好像、似乎、应该是一个叫司马什么的写的吧……

"司马——"我如梦初醒,答道,"司马——光!"只听耳畔传来一阵轰轰的"人仰马翻"声……

校园小记者多多的 采访手记

学校的多彩生活总会给我们留下精彩的回忆。用快乐的心去看待一切事物,回报我们的是点点笑声。

·第二章·
我和死党之间的秘密

最大的敌人，最好的朋友

我转到了一所新学校。班里有个叫帕丽斯的女孩也是转学来的。这是我们俩仅有的相似之处。

我个子高挑，帕丽斯则身材娇小。我一头浓浓的黑发最近刚被剪短成一种蓬松的发型。而帕丽斯那一头天生的金发却长及腰际，甩动起来时好看得要命。我15岁，是班里年龄最大的学生。她还不满13岁，是班里年龄最小的学生。我笨拙而天生害羞，她却不这样。我经常穿着宽松的工装裤、运动衫，脚上是一双灰绿色的远足靴。帕丽斯则脚蹬镶着人造钻石的松糕鞋，身穿由设计师设计的价格不菲的牛仔裤……

我无法容忍她。我把她看作是我的敌人。她却喜欢我，想和我交朋友。

一天，她邀请我去她家玩。我答应了。当时我太过惊讶，所以都不知道该说别的什么了。我从来没向她示过好，她竟邀请我去她家做客，这是我没想到的。我的家庭在6年之内搬迁了6次，所以我从来都没有建立起太多的友谊。从来没有人邀请我去他们家里玩过，但这个涂着彩色唇膏、衣着时髦的女孩却希望我放学后去她家玩。

她家处在这个城市里的一个热闹有趣的街区。那里有两家比萨店、一家通宵书店、一个电影院和一个公园。当我们从校车站穿过附近的街区向她家走去的时候，我试

幽默乐翻天

苏珊娜和弟弟彼得在公园里玩了很长时间。

苏珊娜不安地问弟弟："不知道现在几点钟了？"

"哦，还早呢。现在肯定还没有到4点钟。"

"你又没有手表，怎么知道时间呢？"

"因为妈妈跟我们说，4点钟必须回家。现在我们还没有回家，这不证明还没有到4点钟吗？"

爆笑作文

我和同学某某某一起骑车出门玩，他的气门芯坏了，我就把我的拔下来给他装上，我俩一起高高兴兴骑车回家了。

·师评：舍己为人的好榜样。

在一个伸手不见五指的晚上，池塘的蝌蚪在晒太阳！

·师评：你送给蝌蚪一个太阳？

倘若不是蒙哥马利将军从失败中作出反省继续努力，又怎能在滑铁卢战役中大败拿破仑呢？

·师评：拿破仑对蒙哥马利？这是外国版的"关公战秦琼"。

看着天上阴沉沉的天……

·师评：天外有天！

图想猜出哪幢房子会是她家的。是那幢有一片漂亮草坪的白房子，还是那幢前廊上蹲着一只皮毛光滑的金毛猎犬的三层小楼？

当她把我带进了一幢充斥着油煎食品、化学清洁剂和熏香味道的公寓楼时，我不禁大吃一惊。她和母亲、继父、两个弟弟以及妹妹一起住在四楼的一个两居室中。

在我们走进她和妹妹合住的那个房间后，她拿出了一个装着许多芭比娃娃的大盒子——这是第二件令我吃惊的事。我本来以为她已经长大了，到了不会再玩芭比娃娃的年龄，我就从来不玩这些东西。但是，我们一起坐在一个大壁橱旁的地板上，给这些娃娃们编起一个个古怪的故事，不时乐得哈哈大笑。也就是在那个时候，我们发现：我们都想长大后当作家，都有着超凡的想象力。

那天下午，我们过得非常开心。因为笑得太多，我们的下巴都酸了。她向我展示她的衣柜，那里面的衣服大都来自下街区那家时装设计店。时装店的女老板在报纸上登广告，有时会请帕丽斯来当模特——报酬就是衣服。

所有街坊都喜欢帕丽斯。书店老板借给她《时尚杂志》，电影院免费送她电影票，比萨店让她免费品尝比萨。不久之后，我也被带入了她的奇妙世界。我们到彼此的家里去过夜，一起度过每一个空闲的时刻。在那些开心的日子里，我的黑头发长长了，我学会了欣赏自己的高个子。

帕丽斯，我儿时的第一个真正朋友，给我的青涩岁月增添了许多亮丽的色彩，并且在交友这件事上，我懂得了一件奇妙而令人惊异的事情：那个你认为是你最大敌人的人有可能变成你最好的朋友。

校园小记者多多的 采访手记

嫉妒对方、排斥对方，就会多一个敌人；接纳对方、欣赏对方，就会多一个朋友。多一个朋友，生活就会多一分亮丽。

有一种友谊只留给记忆

刚进入初一的时候，我的学习成绩一落千丈，得不到老师发自内心的鼓励，却常常收到父母失望的叹息。

平静的生活里，是思思的到来，激起了我心中的微澜。我和思思有一个相同的爱好，那就是静静地坐在窗前，拿起一本喜爱的书籍，慢慢品读。很长时间，思思都独自坐在角落里，手里捧一本厚重的书，我偷偷瞄过去，原来是一本古籍版的《红楼梦》。

周一的电脑课上，我特意坐在思思的旁边，整堂课我都忐忑不安，手中的《红楼梦》被汗迹浸得有点潮潮的。快要下课了，我终于忍耐不住了，鼓足勇气，问道："你为什么那么喜欢《红楼梦》？"思思转过头冲我一笑："那你不也一样吗？"

我下意识地将手中的《红楼

幽默乐翻天

父亲下班回家。他的儿女围拢过来，按次序汇报自己在家里干了些什么活。

"我把所有的碗碟都洗干净了。"老大说。

"我把它们都抹干了。"老二说。

"我把它们放到碗柜里去了。"老三说。

最后，轮到年纪最小的女孩子，她怯生生地说："我，我把碎片都收拾起来了。"

《梦》向身后藏了藏。我忽然明白，思思如同我仰慕她一样，她也早已关注我了。

从此，每天中午时分，我开始第一个冲到学校的食堂门口，只要思思一出现，我就会悄悄地跟上去，装作漫不经心的样子，坐在她对面的位置上陪她吃饭。在我长长的坚持和等待中，思思的心终于和我一点一点地联系在一起。

在与思思的交流中，我逐渐恢复了自信。初二的学习生活开始，我的语文成绩和作文水平第一名的位置从未动摇，其他科目也突飞猛进，真是换了人间。

当我不再是过去的我时，思思却依然是过去的思思，她仿佛中"红楼"之毒很深，成为"林妹妹"了。

有那么多朋友，少了一个思思，也没什么。

中考过后，我如愿地收到重点高中的录取通知书。而思思却考取了外地的三流中学。

那是领到高中录取通知书的第二天，我走进熟悉的教室，整理已经用完的试卷书籍，准备送给上初二的小表妹。

打开抽屉，一幅精美的卡片，静静地躺在那儿，卡片上淡蓝色的文字，淡淡的，亦如思思一样，却深深地打动着我：

"在我和妈妈寄住这个陌生城市的时候，既像刘姥姥进了大观园，更像林黛玉进了贾府。

你总问我为什么喜欢《红楼梦》，因为我觉得自己就像书中的林黛玉，没有人懂我，疼爱我，只有在书中我才可以找到一丝的安慰。

我在很长一段时间里怨恨过你，并发誓再也不看《红楼梦》了。可是现在，我也像你一样懂得，有一种友谊只留给记忆。如果不能继续，那就干脆放弃，还不如把它当做回忆，秘密地藏进心里。云落，你知道吗？在那段时间里，你是第一个主动进入我的世界，亦是至今唯一温暖过我的朋友……"

趣味造句

1.照样造句。例题：你(唱歌) 我(跳舞)

小朋友写：你(好吗) 我(很好)

老师批语：你在写英文翻译吗？

2.照样造句。例题：别人都夸我( )，其实我( )

小朋友写：别人都夸我(很帅)，其实我(是戴面具的)。

老师批语：什么面具这么好用？

3.造句：好……又好……

小朋友写：妈妈的腿，好细又好粗……

老师批语：那到底是细还是粗？

4.造句：陆陆续续

小朋友写：下班了，爸爸陆陆续续地回来了。

老师批语：你到底有几个爸爸呀？

校园小记者多多的 采访手记

相同的爱好，让两人走到一起；不同的境遇，让两人分离。友谊可能不会永恒，但记忆的温暖却能相伴一生。

丑女小德

我一直不喜欢小德，一个来自偏远山村的女孩子，但她偏偏和我是同桌。

她穿着极俗气的艳粉色衣服，裤子又肥又大。她曾天真地问我："好看吗？"我撇了撇嘴说："难看。"她黯然，因为她说那是她最好的一套衣服。第一次考试，她在班里是倒数第一。但她的体育特别好，跳高、跳远、扔铅球，学校的纪录全是她创造的。

一个春天的下午，我们5个女孩子决定去郊外照相，小德也在，只是，她与照相无关。当我们正照得高兴时，一个男人向我们走过来，他露出阴险的笑，逼着我到了一个角落。那3个同学全吓跑了，只有小德留了下来，边喊边冲了过来，发疯一样和那个男人厮打着，然后对我大喊"快跑啊"。

我怎么能跑啊，到最后，我也发了疯，两个人和那个男人纠缠厮打着，终于，他跑了。我吓呆了，抱住小德放声大哭，小德冷静地说："别怕，有我呢。"我流着泪说："谢谢你。"那3个跑了的女孩是我最好的朋友，而小德，我从来没有把她当过朋友，但却在我最危险的时候留了下来。

我开始和她谈心，教她英语的正确发音，她的学习成绩有了明显提高，体育还是那么优秀。小德对我说："我一辈子也忘不了你，你是我的恩人。我妈说要记得给自己帮助的人。"其实她才是我的恩人呢。从那以后，我们成了朋友，大家不明白我怎么会和她成了朋友，我对她们说，因为她有一颗勇敢而美丽的心。

3年后，我考上了一所重点高中，而小德去了一所体校。

又是5年过去了，小德还是那么胖那么难看，但是我知道她有一颗美丽的心，这就足够了。

校园小记者多多的 采访手记

心灵的美丑与外貌无关。我们可能无法拥有美貌，但可以用一颗感恩的心来使自己的人生更美丽。

咬过的苹果

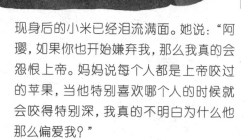

和小米成为同桌的时候，我8岁，她10岁。我穿着红色的外套，像一个小公主，而小米则穿着灰暗而且肥大的旧衣服，同学们都不太喜欢她。

一个课间，小米趴在我耳边说："阿璎，我告诉你一个秘密，我爸爸住在一个叫重庆的地方，那里的墙壁上每到夏天都会开出像小洗脸盆一样大的花朵……"说这话的时候，小米幸福地笑了，笑容堆积在她的脸上，像一朵开得饱满的花。

一次，我和小米闹别扭，我好些天不和她说话。她百般讨好我，主动帮我写笔记，见我仍然不理她，她急了。那天放学后，她往我书包里放了一个纸包，纸包里全是信。寄信的地址都是重庆市沙坪坝上龙湾路112号，这是小米爸爸寄给她的信。

不久我去了一次小米的家，那是一间用木板搭成的沿街小屋。她妈妈准备好了晚饭，两个青菜，一个红烧肉。小米的妈妈往我碗里夹肉，我端着碗一躲，肉掉在桌子上，小米的妈妈急忙捡起来放进嘴里，旁边的小米眼睛红红的。她送我回家的时候，我说了声"对不起"，却发现身后的小米已经泪流满面。她说："阿璎，如果你也开始嫌弃我，那么我真的会怨恨上帝。妈妈说每个人都是上帝咬过的苹果，当他特别喜欢哪个人的时候就会咬得特别深，我真的不明白为什么他那么偏爱我？"

后来，因为爸爸工作上的原因，我们全家南下，迁往上海。我央求爸妈去上海的途中去一趟重庆，去看看小米的爸爸。可是我怎么也想不到，重庆市沙坪坝上龙湾路112号，竟然是一所监狱。

我给小米写了一封信，说我去了重庆，看到了墙壁上开满金黄色的花朵，但是没有看到她的爸爸，他出门了。信的末尾我说，小米，我们好好学习好吗？一起上大学，去看山，去看水，去看花。写完信的时候，我觉得自己似乎一夜之间长大了，我学会了不以貌取人，我学会了真诚善待每一个朋友。

校园小记者多多的 采访手记

每一个灿烂笑脸的背后都可能藏着一张流泪的脸。亲爱的上帝，如果你真的喜欢一个苹果，那么请轻轻地咬它好吗？

(1) 何当共剪西窗烛，_____。

答：夫妻对坐到天明。　　　评：他们两人就不说点什么？

正确答案：却话巴山夜雨时。

(2) _____，不知转入此中来。

答：（一个同学偷问旁边的同学，那同学小声回答后，他就填了）常恨村姑无觅处。

评：现在找到村姑了吗？

正确答案：常恨春归无觅处。

(3) 洛阳亲友如相问，_____。

答：就说我在岳阳楼。　　　评：你在岳阳楼做什么？

正确答案：一片冰心在玉壶。

(4) 蚍蜉撼大树，_____。

答：一动也不动。　　　评：虽然符合事实，但不能给分。

正确答案：可笑不自量

(5) 西塞山前白鹭飞，_____。

答：东村河边黑龟爬。　　　评：你的答案比原句对仗。

正确答案：桃花流水鳜鱼肥。

(6) 待到山花烂漫时，_____。

答：我便奋力把花采。　　　评：估计她在丛中哭。

正确答案：她在丛中笑

(7) 天生我材必有用，_____。

答：老鼠儿子会打洞。　　　评：很押韵。

正确答案：千金散尽还复来。

(8) 问君能有几多愁，_____。

答：恰似一道红叉卷上留。　　　评：你的灵感好灵的！

正确答案：恰似一江春水向东流。

(9) 良药苦口利于病，——————。

答：吸烟喝酒伤身体。　　评：你懂得身体保健。

正确答案：忠言逆耳利于行。

(10) 烈士暮年，——————。

答：黄泉路上。　　评：符合自然规律。

正确答案：壮心不已。

(11) 不畏浮云遮望眼，——————。

答：飞来峰上建高层。　　评：你将来会读名牌大学的建筑系！

正确答案：只缘身在最高层。

(12) 有朋自远方来，——————？

答：尚能饭否？　　评：绝妙！你待客很热情。

正确答案：不亦乐乎？

(13) 书到用时方恨少，——————。

答：钱到月底不够花。　　评：嗯，平时应注意节约。

正确答案：事非经过不知难。

(14) 但愿人长久，——————。

答：一颗永流传。　　评：广告害人不浅。

正确答案：千里共婵娟。

(15) 床前明月光，——————。

答：李白睡得香。　　评：快醒醒。

正确答案：疑是地上霜。

(16) 请写出与鸟有关的两句诗：

答：两个黄鹂鸣翠柳，一行白鹭上西天。　　评：西边的天空是青色的？

正确答案：两个黄鹂鸣翠柳，一行白鹭上青天。

让老师哭笑不得的考卷

开在夏天里的花

那时候，朴朴和绍泽都还不好看，一起并肩站在教室后面，对镜头懵懵懂懂地笑。朴朴藏在灰突突的校服里，扎着又黄又细的小辫子，左腮被蚊子叮得起了红红的一小块；绍泽黑黑瘦瘦，手插在兜里，抿起唇故作深沉，可是明朗的眼眸满满盛着阳光。照片洗出来，绍泽虎着脸说："你看你，真是个丑丫头。"朴朴拿书敲他的背以示愤慨，回家后对着照片上丑丑的自己左看右看，还是把照片塞进衣柜最里面。

初中，朴朴和绍泽是同桌。绍泽像那个年纪所有的男生一样，喜欢把头发搞得很碎，喜欢把松垮垮的校服系在腰间，套着白T恤在学校里招摇过市。在那个纤尘不染的纯净年代，他始终走在朴朴的

左右。

绍泽总是一脸坏笑，随时计划捉弄朴朴。比如下课的时候，他贼兮兮地问她，把"清晨我上马"倒过来怎么念。朴朴不假思索地说："马上我晨清（成亲）。"一说出口，脸立即就红了，绍泽夸张地大笑："朴朴你想做新娘子啊！"

绍泽热衷于讲鬼故事吓唬朴朴，尤其是在天空黑漆漆的晚自习后，绍泽尤其讲得绘声绘色，时不时做几个凶巴巴的大鬼脸，每次吓得朴朴哇哇叫，他就一脸得意地坏笑。可是他干净的眼神里分明有着些许期待，偷偷暴露了所有的小秘密。

也许分开许多年以后绍泽也不会明白，为什么晚自习不规定座位，但她只愿意和他坐在一起，为什么明明害怕还是竖起耳朵听他说故事。只是因为她也有着和他一样腼腆的情怀，希望有一天他讲完故事会笑嘻嘻地劝她说："害怕吗？我送你回家。"

夏天上完体育课，朴朴习惯买一只和路雪蛋筒。绍泽汗津津地从篮球场下来，一看到朴朴就大声嚷嚷："小女生就是喜欢吃这种甜腻腻的东西，吃多了小心变成没牙齿的

小胖问哥哥小霞："为什么会有白种人和黑种人？"

哥哥用其地理知识解释道："白种人生活在极夜地区，而黑种人生活在极昼地区。"

小胖诧异道："那黄种人呢？"

哥哥想了想说："因为他们不生活在极夜和极昼地区。"

老婆婆。拿过来，我替你吃。"男子汉得不得了，毫不客气地拿过蛋筒吃得不亦乐乎。朴朴冲他撇起嘴，心里却早已偷偷笑开，傻瓜，就是给你买的呀。

中考结束之后，朴朴去学校拿高中的录取通知书。回来的路上，她买了一束木槿，卖花的老奶奶很用心地帮她衬上绿叶，纯白的花朵新鲜得好像刚刚从田野里信手采来，然后听见远处有人在叫她的名字。回头看，是绍泽。

绍泽跑到朴朴面前，额头上的汗珠亮晶晶的，他将起衣袖一边擦汗一边问她："喂，你高中去哪里？"她把她的通知书展开，他也把他的展开——明明中考分数很相近，却被分配在不同的高中。绍泽没头没脑脱口喊了一句："为什么？"便耷拉着头，一脸委屈。

朴朴耸了耸肩，木槿花安安静静趴在她的怀里，小小的，淡淡的，澄澈得近乎透明，一如白衣飘飘的年代。她想了想，最后从花束里抽出一朵，递给绍泽："喂，送给你。"

3年后，朴朴和绍泽都读了大学，朴朴在厦门，绍泽在广州，假期参加初中同学聚会，相视依旧亲切。记忆中的少年舒展开朗，如今绍泽轮廓清瘦，安静沉稳。他凝起眼眸问朴朴过得是不是还好的样子，很容易让她想起从前。朴朴很开

心地说起过去，一个人笑得前仰后合，绍泽安静地听，偶尔才插上两句，时光好像回到最初，好像他们从来没有分开过。分别的时候，绍泽忽然问她："还记不记得，我们曾经一起拍过的照片？"

一回到家，朴朴把衣柜里所有的东西都掏出来，才找到那张久不见天日的照片。照片上的自己和绍泽格外幼稚和青涩，两个丑丑的人儿对着镜头傻傻地笑。细细看，朴朴不由哑然失笑。在绍泽和她之间露出的间隙后面，那块旧旧的黑板上，用红色粉笔歪歪扭扭写了一个"love"。原来那个时候，小小男生已经用这种方式偷偷说出了他的情怀。

她抚着照片，上面积满了时光的尘埃，恍然就嗅到了木槿单薄的花香。

校园小记者多多的 采访手记

懵懂年少，美好的情感无从把握。此情可待成追忆，只是当时已惘然。蓦然回首，那逝去的都是美好的怀念。

友谊，天使的庇护

放学了，我和几个死党晃晃悠悠地来到了一家小店前，这家小店卖的东西物美价廉。我看见一本很漂亮的本子，淡蓝色的，上面有个毛绒小熊静静地坐在草地上。小萌子见我的眼神一直停留在那本本子上，就赶忙去问老板："叔叔，这本子多少钱一本啊？"那叔叔看了看那本本子，说："才3块，便宜吧。"

小萌子笑着跟我说："不贵，这本子厚，买吧？"

我呆呆地看了本子一眼，坚决地摇了摇头，要知道，最近我已经在小饰品这方面花掉不少钱了，这本子虽然看着精美，但也不能只用来收藏吧？

看着小萌子失望的表情，我走出小店。

小萌子和心仪也出来了，她俩的手中都拿着许多饰品。我很羡慕，却又心想，家中虽然不算穷，中等水平，但浪费是可耻的！

当然，这种想法，我没有告诉死党，小萌子劝我："3块钱呢，很便宜的。"

"但，我不知道用它来干什么。"我耷拉着脑袋，慢慢地往前走。

"可以写点随笔什么的。"心仪为我提议。

"我，我没带钱。"我摸了摸口袋，瘪瘪的。

幽默乐翻天

生物老师在课堂上组织学生讨论大象和小鸟的区别。

学生甲说："大象有长鼻子，小鸟没有。"

学生乙说："小鸟有翅膀，大象没有。"

学生丙高声说："最大的区别是，小鸟可以骑在大象身上，大象却不能骑在小鸟身上。"

"我可以借你啊!"小萌子说着就要去掏钱包,我赶忙拦上去拒绝:"不用不用,我不想买的。"

小萌子和心仪稍稍有些发愣,随后一声不响地和我往前走。突然,心仪一个激灵,大叫道:"我忘记带东西了,要回学校拿。"

"我也是啊!"小萌子似乎想起了什么,拉着心仪就往回跑。我看着她们远去的背影,大声说道:"真是两个迷糊鬼啊!"

下午,天气晴朗,我刚来到座位,偶然发现抽屉肚里有一本本子正静静地躺在里面,是上午我看见的那本!

我十分疑惑,谁会给我呢?我左顾右盼,教室里只有寥寥几个人,他们都在看书。

"啊,你来了!"小萌子笑眯眯地跑上前。

"这有个本子?"心仪故作惊讶地问道。小萌子也附和道:"是啊,这本子不就是你最想要的那本吗?"

我看着两个死党,暖暖的感觉在心中蔓延开来。

"我知道,这本子是你们买的。"

她们两个坚决否认。

我假装瞪了她们一眼,然后默默地转过身去,肩膀抖得厉害,我快笑疯了。

"有什么好笑的,莫名其妙嘛!"心仪嘟囔着嘴说。

"哈哈哈,没什么,哈哈哈……"我很开心。

傍晚,放学后,我们三人又一同放学回家,来到那家小店门口,只听老板在叫小萌子和心仪:"喂,你们两个今天买本子的时候掉了东西啦!"

趣味造句

1.题目:十分

小朋友写:小明的语文只考了十分,真丢脸。

老师批语:我也会给你十分的。

2.题目:从容

小朋友写:我做事情,都是先从容易的做起。

老师批语:你确实没说谎。

3.题目:欣欣向荣

小朋友写:欣欣向荣荣笑了一笑。

老师批语:连续剧不要看太多了。

4.题目:天真

小朋友写:今天真热。

老师批语:你真天真。

校园小记者多多的 采访手记

纯真的狡黠,伴随着纯真的友谊。那片属于我们的友谊的天空,用天使般的心灵去呵护,就会永远蔚蓝。

彼得潘的马蹄莲开了

那天很热，我到新学校报道，走进教室时，竟引起了一阵哄笑，原来我的后脑勺上沾着片青菜叶。不合体的衣裳，枯燥的头发，浓重的郊区口音，让我和周围的女孩格格不入。填新生登记表时，父母职业那栏，别的同学都填着医生、教授，而我只能填：菜农。我好自卑。

有个男孩，和我同年同月同日生。我记住了他，彼得潘。彼得潘其实不叫彼得潘，但他骑单车的速度和气质可以和小飞侠抗衡，我愿意在心里这样叫他。

那个起着薄雾的早晨，我撞到了彼得潘的单车上。我没有受伤，但却窘迫得不行。他说："苍耳，我载你去学校！"在路上，他说："你的气质，很像马蹄莲，坦然自若，很低调地盛开着。"他这句话，像一道阳光，让我豁然开朗起来。我决定，要成为彼得潘赞许的女孩，不卑不亢，坦然自若。

我生日那天，放学的时候，花店的姐姐抱着一束马蹄莲出现在教室门口。她说："有人请我送这束花给苍耳同学，并祝她生日快乐。"我悄悄转过头去看彼得潘，他的目光也越过来看着我，温暖，满含笑意。

在下一个生日来临时，花店的姐姐又送来马蹄莲。到第三个生日快来临时，我已经学会了种菜。我种了黄瓜、玉米和番茄，当作14岁的生日礼物送给彼得潘。那天，趁课间操的时候，我把篮子塞进了彼得潘的桌子里。

我等待着花店的姐姐像往年一样，送来一束盛开的马蹄莲。可出乎意料，她送来了两束。一束依旧匿名，一束的卡片上写着彼得潘张牙舞爪的签名。我很惊奇。

后来，我在校友录里发现一个帖子，发帖人说，他曾遇见一个像马蹄莲一样的女孩，和他同年同月同日生，每年生日，他都送她马蹄莲，在她14岁生日那天，他竟然送了两束，一束署名，一束没有。为什么呢？也许是青春期的心理作怪吧。于是我在后面回复他：彼得潘，谢谢你的马蹄莲。它们就像块柔软的丝巾，擦去了我的自卑，让青春的光泽得以展现。

校园小记者多多的 采访手记

一句温暖的话像阳光照耀黯淡的内心，一束美丽的花像柔软的丝巾擦去自卑的灰尘。这是青春岁月中最宝贵的礼物。

英文名字: Jerry Yan

出生日期或生日: 1977年1月1日

国家或地区: 中国

身高: 180厘米

兴趣爱好: 跳舞

星座: 魔羯座

职业: 演员、歌手、模特

　　言承旭，台湾著名演员及歌手，因2001年在台版《流星花园》中成功塑造道明寺一角而红透半边天，是风靡亚洲的男子偶像团体"F4"的灵魂人物，有台湾偶像剧鼻祖级演员之称。2005年后接连推出多部影视作品，并以其日益成熟的演技、阳光俊朗的外形持续赢得不同国籍、不同语言、不同年龄观众的喜爱，人气横扫全亚洲，缔造了一个又一个奇迹与佳话，其偶像天王地位多年来无人能够撼动。他收入不菲，但生活节俭，热心公益慈善事业，是台湾演艺圈中为数不多的既自律又有爱心的艺人。

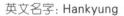

英文名字: Hankyung

出生日期或生日: 1984年2月9日

国家或地区: 中国

身高: 181厘米　　兴趣爱好: 游泳、听音乐、电脑游戏

星座: 水瓶座　　职业: 艺人

毕业院校: 中央民族大学舞蹈系

　　2005年11月，SM娱乐公司面向亚洲娱乐市场推出了"Super Junior"组合。这一组合从一开始便引起各方关注，并在短时间内迅速走红。而韩庚，作为其中唯一的中国成员并且是第一位正式在韩国出道的中国人，成为组合的亮点。2010年第十届CCTV-MTV音乐盛典，获"内地最受欢迎男歌手奖"；2010年12月19日第三届音乐风云榜新人盛典，获"年度最佳新人奖"；2010年12月29日腾讯星光大典，获"年度男歌手奖"。

白雪公主生的孩子是谁

那一年，正是最青涩的年纪。

我是班里有名的坏学生，上重点中学完全是靠父母的关系。后来，班主任把她安排和我做同桌后，我知道一定是母亲找到了老师，母亲用心良苦，她想要这个学习好的女孩子带动我。

幽默乐翻天

有个小孩喜欢玩白鼠，在笼子里养了许多只。

有一天，笼子破了个洞，白鼠跑掉了一只，他四处寻找，不见踪影，心中老是想着它。

过了几天，他哥哥提了只小白兔回来，他看见了，很诧异地问："咦！哥哥！这只白鼠从哪儿找来的？我找了几天都没找着，谢谢你了！咦，奇怪！奇怪！怎么这几天没见，它就变成这个样子了？尾巴也缩了，身子也肥大了。"

她的确是学习好，年级前十名，我们班里的前三名，但我对她很敌视，我一向讨厌好学生。

上课我写纸条给她："你知道白雪公主的故事吗？"

"知道。"

"她结婚后生的孩子你知道是谁吗？"

"不知道。"她写道，"她生了孩子了吗？你怎么知道？"

"白雪公主生了个女孩子，叫灰姑娘，她很失望自己生了这么难看的孩子，所以，和王子离婚了。"

写完后我给了她，她扑哧就笑了，正好被老师看到，老师说："笑什么笑？"

其实是我陷害的她。

她逼我写作业，她给我看她的笔记，给我看她买来的复习资料。我说你不用和救世主一样地救我，我不会感激你的。

爆笑作文

岳飞选择精忠报国，死而后已。他一生征战无数，以至于匈奴兵对他闻风丧胆。

·师评：汉时明月宋时关。

战国时期的孟子，早在三千多年前就为我们阐述了怎样选择的关键。

·师评：孟子真乃圣人，生在2000多年前，居然可以训示3000多年前的古人。

登山者在暴风雪中作出了自己心灵的选择，拯救了一个濒临死亡的遇难者。

·师评：这登山者妙手回春！

就在这时，一辆"中风"牌汽车，突然向他驶来。

·师评："中风"牌汽车？那司机的驾驶技术真好。

她笑了，说："我是想看看自己究竟有多大能力，可不可以让一个考倒数第一的考倒数第二。"

我的自尊心受了很大伤害，于是真的开始学习了。原来，学习进去也可以有很多乐趣，当那些从前特别讨厌的数学被我变成有趣的东西时，我知道自己真的有了转变。

第一次测验来临了。

是一次英语考试，那次，我考了有史以来没有得过的高分——69分。让我吃惊的是，同桌只考了65分。这个每次都是98分以上的英语课代表怎么了？

她对我说："你看，你稍微努力就可以超过我，这说明你很聪明，不是吗？"

这句话震撼了我，我从没有想过自己是聪明的。

但那次考试确实转变了我一生的命运。我对她说："总有一天我会超过你。"

老师和家长都特别惊奇于我的改变，我是因为一个女孩子而改变的。而在几年之后我们同学聚会时她问我："你记得那次英语考试吗？"

"当然。"我说，"你考得不如我多。"

"不。"她笑了，"我是故意的，我故意让着你。让你树立自己的自信心，你知道，我是喜欢你的，只不过，用这种方式来表达了。"

那时，我已经有了一个出色的女友，她和我都在北大读研究生，而我当年出色的同桌，后来只上了一个一般的大学。

有时候，我常常想起她那张很平常的脸来，但我知道，就是那样一个女孩子，用自己喜欢的方式喜欢过我，让我改变了一切，每次想起，心里都有阵阵暖意。

而那种聪明的喜欢方式，却让我的人生从此改写，重要的是，她让我知道，怎样在不伤害自尊的情况下，获得上进的动力，这种动力，足以让我成为一个优秀的人。

校园小记者多多的 采访手记

有些人，因为机缘，只能成为我们生命的过客，但他会改变我们的生命，给我们的生命增添一丝暖意。

让幸福永远环绕在你身边

升入高中的第一天，我兴冲冲走进教室，往旁边一个理着板寸头的男孩肩上一拍："哥们儿，以后咱就是同桌了！"谁知"他"使劲儿一挺胸，硬邦邦地甩过来一句："谁是你哥们儿，流氓！"我差点儿没被震晕过去。这是我第一次见到她，当时她就像初夏刚摘的番茄。慢慢地，我俩混熟了，她接受了我送的绰号——番茄，也成了我的哥们儿。

那时候我们早早便感受到来自黑色六月的压力，可是番茄却似乎从不在乎。上课时，她要么读武侠小说，要么在蛋壳上画画，要么就是去见"周公"，可每次考试她总能波澜不惊地挤进前几名。

渐渐地，番茄似乎有点沉寂了，或许是由于功课沉重吧！当她那天穿着一袭红色长裙出现在教室门口时，我想教室里一定碎了一地的镜片，因为以前她总是副没心没肺的假小子打扮。那天放学

时，她突然告诉我明天她就18岁了，我调侃着说："大小姐芳辰，小子一定熏沐谨拜！"我送给她一只斑点狗，因为她不止一次地对我家的斑点狗垂涎三尺。没想到她却似乎有点失落。

一天又一天匆匆逝去，高三悄悄到来。高考发榜，我没有考上我向往已久的北京医科大学，而是进了军校。可令我吃惊的是番茄也放弃了她一直想去的北大，去了美丽的西子湖畔。我曾信誓旦旦要选择的临床专业，她不声不响地揽了过去。

军训完不久，又是桂花飘香桃子成熟的日子，我收到了番茄从远方寄来的生日礼物——一个琉璃天秤坠和一包野菊花。"人说琉璃是有生命的东西，它与主人有着心灵相通的魔力。天秤则是你的星座，希望当这个天秤坠环绕在你脖子上时，所有的吉祥与幸福永远环绕在你的身边。菊花是我秋游时摘的，我想，用它泡茶喝总比你吃牛黄片对身体好……"

拿出几朵菊花，冲上开水，菊花在晶莹中起伏着伸展开来，一如番茄第一次穿红裙时的美丽。

校园小记者多多的 采访手记

纯洁的友谊，悸动的感情，点染青春的美丽。青春飘过，那朵绯红的痕迹，让生命的色彩更丰富。

怀念一辆14岁时的自行车

詹西是在原来学校打架被开除后转到我们这个乡下学校的。他原本就背着不光鲜的过去，到我们班后还是一副吊儿郎当的样子。

詹西有一辆黄白相间的山地车，它有着高高的坐凳，车把矮矮的。詹西跨在上面，风驰电掣地骑着，像一尾受惊的鱼在密密麻麻的放学人群里麻利地穿梭。

初二时，老师安排詹西和我同桌，要我在学习上帮助他。当詹西将书桌拖到我的旁边的时候，我突然趴在桌子上哭了。我心里暗暗发誓，我才不会帮助詹西呢！

有天下午，我穿了一件姑妈买给我的雪白的连衣裙。最后一节课上了一半，詹西突然塞给我一张纸条："放学后我用单车载你回家。"我的心怦怦跳起来，剩下的半节课我内心充满着极度的紧张和惶恐。

放学了，同学们作鸟兽散。詹西一反常态没有冲出去，头也不抬地甩了一句："等会儿我们再走。"我不敢不从，怕今天得罪了他，明天要遭到他的毒打。

我们走出教室，詹西先在后座上垫了一张报纸，然后上前去支起车子，也不说话，意思是要我坐上去后他再骑上去。我惶恐地问他："詹西，去哪？"他说了一个字："家。"我坐在他后面，连大气都不敢出。

他把我送到我家院子里，我刚跳下来他转身就走，整个过程我都处于惶恐中，不知道詹西为什么这么做。进屋，妈妈突然拽住我："丫头，你来例假了啊？"我惊诧地扭过头，看见自己雪白的裙子上有一大块暗红，那是我的初潮，在14岁的那个下午猝不及防地驾临。

如果没有詹西用单车载我回家，我那被"污染"的白裙子一定会被很多同学看到。虽然来例假是每个女孩生命中的必然过程，但是在一群偏僻乡下的十几岁孩童的眼里，那可是值得嘲笑讥讽的见不得人的事情！但是那个一向让我讨厌的詹西却用那么巧妙的方法避免了让我颜面尽失。

初三下学期詹西回到他的城市。他的离去可能对其他同学没什么影响，但是我却常常想起他，以及他那辆温暖美丽的自行车。

校园小记者多多的 采访手记

詹西用独特的方式帮助"我"，别无所求，却得到"我"一份温暖美丽的怀念。赠人玫瑰，手留余香，斯言如是。

年少的蜗牛没有壳

那时我是一个瘦瘦的女孩，又不美，常被人忽略。下雨天时，看到那些缩在壳中的蜗牛，突然地就很羡慕它们，想着自己，如果有一个温暖坚实的壳，可以在受到伤害的时候，躲入其中，该有多好。

那时班里有一个叫乔的男生，坐在我的后面，因为父母离异，个性孤僻，不喜欢与人交往。只是他的成绩，始终远远地走在我的前面。

我依然清晰地记得那次数学课，习惯了将我跳过的老师，不知是为什么，突然将我叫起回答问题。不过一个很简单的习题，偏偏我如此紧张，任自己如何地努力也始终无法触及咫尺之外的答案。

午后沉闷的教室，因为满脸通红、手足无措的我，而瞬间有了生气。有人好奇地回头，目不转睛地盯着我，而那个老师，嘲讽地瞥我一眼，说："还能不能想起来，要不要你后位的乔帮你找到这个答案？"

我的眼泪，就在那一刻"哗"的一下涌出来。而乔就在这时站起来，用一种从来没有过的响亮的声音，回答台上的老师："对不起，我也不会这个问题。"老师强压着怒火启发着乔，可乔，还是固执地保持着沉默。

那节课，乔陪我站到最后。我回头歉疚地看乔一眼，却碰到他温暖的视线柔软地流溢过来。我的眼泪忍不住又落下来。

那以后的一年中，我与乔依然言语不多。但我在人群里终于不再感到孤单，我不用回头，但知道，乔就在某一个地方陪我站着，驱赶那些飞虫、寒气、热浪。而乔的视线亦不再冷漠，他甚至学会了微笑。他还在给我解答习题的纸上画了一个微笑的小人儿，我明白，他在表达对这份情谊的感激。

两个少年的孤单，就这样，因为一次彼此深深懂得的外人的伤害而融合在一起，生出一朵灿烂的花朵。

成长中的那些惧怕、忧伤与落寞，就这样，在这段彼此鼓励的并行时光里，轻烟一样散去。

校园小记者多多的 采访手记

青春时光中，那敏感脆弱的心灵，因缺少温情的呵护很容易受伤。纯洁真挚的友谊，就是保护心灵的那层外壳。

趣解《西游记》

《西游记》人物

孙悟空　作为中国历史上第一批飞行员的杰出代表，悟空经过长期刻苦训练，最终练成了脚一离地便能飞十万八千里的飞行技术，为国人争得不少荣誉。

蜘蛛精　是世界上第一个门户网站——西游网的谛造者和首席执行官。她最大限度地丰富了像猪八戒这样的超级网虫的业余文化生活，使人们从封建文明一跃步入了网络文明。

唐僧　连续数年当选由各国资深女记者评选的"世界最具魅力男士"，尤其受女儿国国王、琵琶精、玉兔精等成功女士的青睐。

铁扇公主　由于其家传宝扇不仅帮助唐僧师徒扑灭了"火焰山森林大火"，而且为当地老百姓解决了高温酷热的生活问题，因此无可争议地获得了"诺贝尔消防奖"。

猪八戒　凭借在好莱坞巨片《高老庄》中的精彩演出，令人信服地击败众多著名演员，荣获"奥斯卡最佳男主角奖"，开了中国获此殊荣的先河。

哪吒　用自己的脚踩风火轮向人们展示了汽车的雏形，后人正是从中受到启发研制出了现代汽车。

观音菩萨　作为佛学院高级讲师，观音以其高超的教学方法将冥顽不灵的孙悟空、猪八戒等差生调教得服服贴贴，成了全国教师竞相学习的榜样。

嫦娥　作为第一个登上月球的人，其丰功伟绩被人们广为传诵，并为人类能在月球上存活提供了活生生的例证。

西行趣事

1. 取经队伍到达贫困地区，几天化不到斋，悟空因为要保护师父，只好让沙僧和八戒去远处城里找吃的。第一天去，都空手回来，因为没有钱。第二天去，还是空手，因为没有钱。悟空大怒："再找不到吃的，就别回来！"第三天傍晚，沙僧高高兴兴地背着一大袋子米，还剩了好多钱。悟空大喜，又问："八戒呢？"沙僧顿时伤心地道："大师兄，原谅我吧，咱们这么多人，就二师兄能卖到16块钱一斤。"

2. 沙僧参加数学考试，监考老师看了他脖子上的珠珠半天，然后说："别以为你把算盘伪装成这个样子我就不知道了，还想作弊？快摘下来。"

3. 清晨，唐僧从梦中醒来，发现孙悟空跪在自己的床前，于是便问："悟空，你怎么了？"孙悟空满脸泪水地说："师傅，我求您了，下次说梦话，不念紧箍咒，行吗？"

包裹在褪色校服里的美丽

一

高一下学期，我跟着进城务工的父母，来到了城里的学校。

第一天走进新班级，看着一位老师模样的人向我走来，我紧张地低下头，急忙诚惶诚恐地说了一句："老师好！"那位"老师"刹那间红了脸，旁边的同学却早已起着哄，笑作了一团。

他就是班长蔡猛，长相成熟，同学们拿他开玩笑的时候总是说他"十六岁的年纪，六十岁的长相"。他则将拳头放到胸前，做出心脏怦怦跳动的样子，摇头晃脑地说道："我是把智慧写到了脸上，看到没，六十岁的智慧，十六岁的心脏！"

韩小辉坐在我的右边，我们中间隔了一条过道。她的家境极为优越，好像总有着一沓厚厚的值得骄傲的资本，从不正眼瞧一下我这个无论哪科成绩都稳居榜首的

幽默乐翻天

一只蜗牛正在路上行进，结果后面来了一只乌龟从他身上碾了过去。后来蜗牛被送去医院急救。当蜗牛神智恢复清醒后，警察人员问他当时情况。蜗牛回答："我不记得了，一切都太快了……"

"丑小鸭"。

二

我并不讨厌韩小辉。

她是一个漂亮出众的女孩子，就像是一个幸福的公主。她的衣服多得数不清，而且她知道应该怎么搭配才会让自己更加漂亮迷人。我很喜欢在韩小辉闲庭信步般走进教室的时候，把视线从课本上移开，静静地看她新鲜芬芳得像水果一样，泛着美丽的光泽，透着诱人的芳香，从我的身旁走过。我对美丽的人或事物都抱着欣赏的态度。

我是班里唯一一个每天都穿校服的学生，坐在光彩照人的韩小辉旁边，不但没有感到过自卑，相反，我还为身旁能有这样一个赏心悦目的女孩子，而感到一种小小的欣喜和满足。

我从未埋怨过我的父母给了我一个如此贫困的家，虽然我的青春一天天地包裹在颜色黯淡的肥大校服里，可是它依然是美好而且鲜亮的呀！

班主任对我很好，尽管这种关爱很细微，比如在点名回答问题的时候，她会询问似的看着我，如若我低下头去，她便会点别人的名字。每次交钱，我拖了又拖，总是最后一个交上去，写名字的时候，蔡猛会很

"随意"地把我的名字插到前面一大堆人名中，而不是让它孤零零地挂在最后的表格里。我很感激他们这些无声的关爱，尤其是蔡猛。

三

冬去春来，班里的女孩子们像是一只只漂亮的蝴蝶，扑闪着五彩缤纷的翅膀，在人前肆意地飞扬。我没有斑斓的彩衣，只是脱去笨重的棉衣，在温暖的阳光里继续穿着洗得发白的校服。做操的时候，我站在后面，看"蛰伏"了一冬的同学们，花一样优雅、鸟一般灵动地在暖暖的春日里，舒展着身体，觉得心情大好。

班会上，班主任宣布："开春了，学校规定，为了做课间操时整齐划一，也为了消除攀比之风，每位同学都要穿校服出操，从下周一开始试行。"

最先提出反对意见的当然是韩小辉，她私底下在班里发表了拒穿校服的声明，她说："班主任的决定太不人道，凭什么为了某些人的自尊，让全班人跟着受罪变丑？班主任和某些班干部明明就是以学校的名义，拿'班级利益''消除攀比之风'之类的幌子，来遮掩自己的私心！"这样的话，让其他同学瞬间恍然大悟：原来这样的硬性规定，是为了某些人的自尊。

那个"某些人"，当然就是指我了。突然之间，我成了众人瞩目的焦点。

空气中弥漫着紧张的对峙气氛。

四

两周后，校长在周一例会中宣布全校学生统一穿校服的规定，并说明这样做的意图。一度快要让我窒息的负担瞬间消失了，"清者自清"，"事实胜于雄辩"，不是吗？我看到韩小辉望向我的有点闪烁的眼神，也看到蔡猛转向我的笑脸，并调皮地向我摆动着"V"字形的手势。

那周的作文是一封写给朋友的信，我写给了韩小辉。我的作文第一次没有作为范文在讲评课上朗读，却意外地收到了韩小辉的回信。回信极其简短，她说："就让我们都接受对方由衷的欣赏吧。你欣赏我的'赏心悦目'，我欣赏你的'淡雅朴素'，请原谅我出于嫉妒对你无意的中伤。"

一切又都恢复如初。我躲在自己安静恬淡的天地里，看班里一片悦目的深蓝，心情像雨后的天空，欢快得让人想放声歌唱；课间操的时候，同学们一排排自如舒展的双手，像一双双翅膀，在天空中飞翔；看韩小辉和蔡猛的眼神里不再有对峙的情绪，对我而言，这是一种多么充满欣喜而又令人满足的生活啊！身上的校服虽然褪色了，可它怎能包裹住我美好而鲜亮的青春的光芒呢？

校园小记者多多的 采访手记

青春的光芒不会因朴素的衣服而褪色。有一群善解人意的师友，有一颗热爱生活的心，青春便会绽放出悦目的光彩。

第七条白裙子

和婉同宿舍的六个女生都来自城市。不用说，婉来自乡下。

初夏的一天，同室的雅文从街上买回一条洁白的连衣裙，几个女孩子赞叹之声不绝。最后，大家商定，每个人都买一条这样的裙子，两周后宿舍里便有了六条那样的白裙子，只有婉还是那身土里土气的衣服。她们催婉快些往家写信要钱，可信还没来得及发出，却收到了家里的信。父亲说，为了能让婉念完大学，打算让她弟弟辍学。婉将刚写好的信撕得粉碎，然后重写了一封，告诉父亲无论如何要让小弟继续上学。关于一条白裙子的梦想"咚"的一声沉入海底。

那晚婉失眠了。上铺的雅文睡梦中翻了个身，她的白裙子飘然滑落下来。婉轻轻捡起来，她突然想穿上它试试。她将那条裙子罩在了身上，蹑手蹑脚出了寝室。校园里寂静无人，荷叶边的裙裾在她脚下飞扬。

婉想，她该回去了，她不敢奢望太多的幸福，只这一会儿就够了。婉提着裙裾轻轻上楼，又轻轻开门……突然"啪"的一声电灯亮了，所有的人都已醒来，傻子一样看着婉。雅文反应快，伸手拉灭了电灯，她

们又都不声不响地睡下了。好一阵子，婉才钻进被子，蒙上头，任泪水恣意流淌。

第二天，雅文她们像是商量好似的，都把白裙子悄悄藏匿了起来，换上了平时穿的衣服。那以后，原本就孤独的婉更加形单影只。一个多月后的那个星期天，是婉19岁的生日。她从图书馆回去的时候宿舍里已没了灯光。悄悄开门进屋，突然一道火光点亮了一支红烛，六个身着一色白裙的女孩围坐在桌旁，雅文走过来，将一个包装精美的纸盒递给她说："生日快乐！"婉愣了好一阵子，然后用颤抖的手解开红丝带，打开，是一条和她们身上一模一样的白裙子。原来这一个多月里，她们牺牲了所有的课余时间，出去打工。辛苦一个月，居然赚到了三百多块。

婉能说什么呢？她什么也说不出口，一切的苦恼都不过是她的自卑罢了。婉将那条白裙子捂在脸上，任泪水把它浸湿……

校园小记者多多的 采访手记

幸福源于自己对生活的态度，用正确的心态面对生活，才能看到美好未来。

第三章
我的老师
最闪亮

纸篓里的老鼠

史蒂夫·莫里斯出生在美国密歇根州的萨吉诺城，幼年随父母搬到底特律。他和班上的同学相比很"特殊"，因为他双目失明。对于一个9岁的孩子来说，"特殊"意味着被嘲笑、被冷落。小史蒂夫一度生活在自卑之中，直到他遇见了本尼迪斯太太。

在史蒂夫的记忆中，小学老师本尼迪斯太太是颗永不会消逝的启明星。她让史蒂夫发现了自己的天赋，教他勇于做个与众不同的人。本尼迪斯太太无疑是个睿智的人，她意识到光靠说教没法让9

岁的顽童理解深奥的人生哲理，于是，她请来了一个"助手"。在"助手"的帮助下，女教师给史蒂夫上了一节难忘的人生课，他生命的乐章从此奏响。

故事发生在一间狭小的教室里。本尼迪斯太太正准备上课："安静，大家坐好，打开你们的历史书……"小学生们不安分地在凳子上扭动着，多数人心不在焉，只有小史蒂夫默默无语。上堂课是体育课，孩子们刚从操场上回来，多数人还惦记着玩过的游戏，当然还有史蒂夫的洋相。

"今天天气真棒，我知道你们更愿意在外面玩游戏，"女教师脸上露出微笑，"可是如果不学习，你们就只能一辈子做游戏。"

"安妮，"老师提问，"亚伯拉罕·林肯是什么人？"

安妮局促地低下头回答道："他……他有人胡子。"教室里爆发出一阵笑声。

"史蒂夫，你来回答这个问题。"本尼迪斯太太说。

"林肯先生是美国第16任总统。"史蒂夫的回答清晰准确，毫不犹豫。他一向是个优等生，但学习好无法减轻史蒂夫的自卑感。除非意识到自己具有得天独厚的才能，否则史蒂夫将永远生活在自怨自艾中。

"回答正确。"本尼迪斯太太满

幽默乐翻天

一次上英语课我正半梦半醒，老师问我："西红柿是水果还是蔬菜？"

这，我怎么知道，只好猜一个"嗯，水果……"

老师的声音高了八度："什么？"

幸亏我机灵，赶紧见风使舵："是蔬菜，蔬菜！"

老师终于不能忍了："我是让你翻译这句话！"

意地说,"亚伯拉罕·林肯是我国第16任总统,南北战争就发生在那个时候……"话讲了一半,她突然停下来,做出倾听的样子,好像听见什么异常的动静,"是谁在发怪声?"

小学生们莫名其妙地东张西望,只有史蒂夫没动。

"我听见一个微弱的声音,是抓挠的声音,"本尼迪斯太太神秘地低语,"听起来像……像是只老鼠!"教室里顿时乱作一团,女同学尖叫起来,胆小的孩子爬上课桌。

"镇静,大家镇静,"老师大声说,"谁能帮我找到它?可怜的小老鼠一定吓坏了。"孩子们乱嚷一气,"讲台下

面""窗帘后面""安妮的书桌里"……

"史蒂夫,你能帮我吗?"老师向静静坐在座位上的史蒂夫求助。

"好的。"小家伙回答,他挺了挺腰板,脸上闪着自信的光芒。"请大家保持安静!史蒂夫在工作。"本尼迪斯太太示意大家肃静,小教室里很快鸦雀无声。史蒂夫歪着头,屏息凝神,手慢慢指向墙角的废纸篓:"它在那儿,我能听到。"

一点儿没错,本尼迪斯太太果然在纸篓里找到了那只小老鼠,它正躲在废纸底下,瑟瑟发抖,结果被听觉异常敏锐的史蒂夫发现了。历史课重新开始,一切恢复原状,但史蒂夫变了,一粒自信的种子开始在这个黑人盲童的心里生根发芽,渐渐驱散了他的自卑感。每当情绪低落时,他便想起纸篓里的那只小老鼠,直到多年以后,他才知道小老鼠不是意外掉进纸篓的,而是本尼迪斯太太特地请来的"助手"。

今天,我们更熟悉史蒂夫的艺名——斯蒂维·旺德尔,他的与众不同带给我们无尽的享受。旺德尔集歌手、作曲家和演奏家于一身,摘取22项格莱美大奖,有7张专辑打入美国流行音乐金榜,获得美国音乐世纪成就奖,入选"摇滚名人殿堂"……这些都是因为曾经有只小老鼠"意外"地掉进了纸篓。

校园小记者多多的 采访手记

命运是公平的,当它给你关上一扇门的时候,又会为你打开一扇窗。粉碎自卑,让自信永驻心间,成功就不会遥远。

我初中的语文老师

那是一段非常难忘的经历。

刚上初中的时候，在小学养成的习惯我仍然改不了：就是讨厌用文字排比出的文章——作文。把主要精力用在了数理化上。每堂语文课我都要偷看课外书籍或小睡一阵子，那时语文成绩最高不超过五十分。为此，少不了被老师罚站或叫家长。

初一下半学期，我们班换了一位名叫姜清莲的女班主任，她还担任我们的语文和音乐老师。她年轻、漂亮，还扎着两条小辫子，特别是教我们唱歌的时候，那弹琴的动作、甜美的歌声，有时还不由自

幽默乐翻天

爸爸："你自己动手把被单洗了吧，最近你妈妈很忙。"

平平："还是等妈妈不忙的时候再洗吧！"

爸爸："这学期你不是得了'爱劳动'的评语吗？"

平平："可是，现在放假了！"

主地站起来舞一段，很是让人陶醉。

她的到来使我开朗了不少。我喜欢音乐，喜欢漂亮，喜欢她那清脆的声音。尽管如此，我还是不能接受那烦琐的语文课程。

我那个笨啊，连起码的语文基础——汉语拼音都不怎么会。每次作文，我不是交不出来，就是应付着胡诌几句交上去。姜老师每次看到我的语文作业都是紧皱着眉头，但是，没罚过我站，也没叫过我的家长。这一点我是感激她的，无论怎样，她总使我捡回点面子。

我很爱音乐，只要是音乐课我决不做小动作，我把姜老师当作美的化身，把自己融进她的世界，没多长时间我就能谱出简单的曲子。姜老师很喜欢我，经常放学后把我叫到她的办公室教我唱歌、跳舞。奇怪的是：我们在一起的时候，她很少提起我的语文成绩。我心里无形中有了压力。我在想：如果她和我在音乐切磋中，责备一下我的语文成绩，也许我心里会好受些。她毕竟也是语文老师啊，难道她不怕我拉她的后腿？

姜老师的另眼相看，使班里同学也扭转了对我这个差生的看法，不少女生围着我听我唱歌，我尽量把嗓子模仿得和姜老师相像，歌声甜美、流畅。每当此时，姜老师都会突然站在旁边，向我点头，给予支持的目光……

我成了班里的起歌委员。每上音乐课，姜老师都要让我在课堂上歌舞一曲，然后迎来同学们热烈的掌声。

慢慢地，我不再有勇气在课堂上表演，我受不了同学们的掌声，我觉得自己不配站在课堂上展示自己。

爆笑作文

识食物者为俊杰，食者生存。

·师评：对，多吃绿色食品，不吃垃圾食品。

一位猎人正在森林中追捕一只藏羚羊，肥硕、笨拙的羚羊已经在森林里舍生逃命，周旋了不知多少圈。

·师评：舍生逃命？藏羚羊到底是想死还是想活？

从那以后，我开始了前所未有的加班加点攻克语文，很多个漫漫长夜我是在灯下苦读熬过的。我补齐了所有落下的课程，最后成了班里的优秀生。

现在想来，我那可爱的老师真是用心良苦，她没有用指责、挖苦、伤人自尊的方式对待一个班里的差生，而是利用我的特长，引导我。在展示自己的同时，我感到了另一面的欠缺。自责、羞愧之余使我不得不下决心埋头苦读，在无人督促的条件下自己去补那一些落下的课程，直到最后成为班里的尖子。

每当拿笔写文章遇到难题的时候，我都会不由得想起那教育有方的语文老师：如果，她当时用谴责和看不起的眼光对待我，我会破罐子破摔；如果，她用不理不睬的态度对待我，我会仍然我行我素地朝下坡路滑去。

今天，能坐在这里把那些烦琐的文字组合起来，编成诗歌、散文等故事，都离不开老师辛勤的汗水。

最后衷心地说声：老师辛苦了，谢谢您的教诲！

校园小记者多多的 采访手记

这位老师用恰当的方式，把爱传递给学生，让一个差生取得人生的成功，这见证了爱的力量是巨大的。

爆笑图片

花裙子

你别先跑了

花样游泳

黑贝公主

骑狗飞跃

上网搜只老鼠

甲壳虫

快点逃跑

橘子楼

连体汽车

侦察员老师

今天，按规定时间来到文学社汲取文学养分。趁张老师没来的这个空当，我们几个知心朋友聚在一起聊天。

突然，窗边一个同学双手圈做喇叭状轻声呼叫："注意，注意！张老师已进入警戒区，张老师已进入警戒区！"

在哪儿？大家的目光一齐投向窗外，却不见身影。是不是开玩笑？算了！为了保险起见，还是安全撤退吧。正在大家准备退回到自己的座位时，张老师进来了。

"你们怎么乱坐啊？自己没有位子吗？"张老师问道。

"报告老师，我们原本在讨论问题，有一只'报警器'突然报警，说您来了，所以起身张望，没来得及坐下。"有同学解释说。

"报警器？谁是报警器？"

"就是他！"几个人分别指向窗边的那个同学。

"报警器"赶紧用书本遮住头脸。

张老师走到"报警器"身边，说："以后不要走神，少管闲事，多读书。"这时，不知哪个角落传来了"扑哧"一声笑。

张老师觉得很奇怪，说："谁在笑？有什么好笑的？"

张老师走到一个同学旁边，拿起他手中的漫画书，说："这是我女儿看的书嘛，你们几年级了？还看这种书。"

教室里鸦雀无声。

"这漫画书在下课的时候偶尔翻一下，也无不可；在上课的时候，不要分心。"说到这里，张老师"唔"了一声，然后，用鼻子嗅了嗅，问："嗯，有异香扑鼻？"大家四下环顾，摇摇头，表示不清楚。

张老师说："大家一起找。"

于是，我们东嗅嗅、西闻闻，终于找到了香味来源，原来，"作案"的是一个女生，她吃了一块小饼干。

"怎么？只带了一块饼干，不能只顾一个人享受，快乐应该拿出来大家一起分享啊，古人云'独乐乐不如众乐乐'，大家快乐，才是真的快乐。"张老师用这种既严肃又幽默的教学方式，创造了文学社良好的学习氛围，我们更喜欢这里了。

校园小记者多多的 采访手记

幽默是聪明和智慧的体现，是解决问题的妙招。如果说善意是劝说的出发点，那么幽默则是它的催化剂，更容易让人接受。

换只手举高你的自信

考上高中后我从乡下到城里寄宿读书，城里的学生有钱，成绩也很好，因而我总是很自卑。老师上课提问时城里的学生都抢着回答，我几乎不举手回答问题。我的物理基础很差，物理老师几乎每堂课都要提问，但很少叫坐在后排的我回答问题。

可有一次，老师问了一道我不懂的问题，同学们争先恐后地举手，受虚荣心的驱使，我也举起了手，结果老师偏偏叫我回答，我站起来哑口无言，当众出丑，同学们哄堂大笑。放学后我一个人坐在教室里，耳朵里始终回响着同学们的笑声，不争气的眼泪掉了下来。物理老师进来了，他深入浅出地给我讲解了那道题，然后和蔼地说："学习时不要不懂装懂。以后我提问时遇到你懂的问题你举起左手，不懂的问题你举起右手，你懂的题你甚至可以把手举得比别人高一点，我就知道该不该叫你回答。"老师的话使我深受感动。

此后的物理课上我就按老师所说的做了。期中考试结束后，老师对我说：

"这段时间你举左手的次数为25次，举右手的次数为10次，再加把劲，争取把举右手的次数降到5次。"细心的老师统计了我举左右手的次数，我暗下决心争取不举右手，从此遇到难题我宁可不吃饭不睡觉也要把它攻克。期末考试时我考了全班第一名，老师欣慰地对我说："你终于不举右手了。"

考上大学后老师来送我，他只对我说了一句话："别让自卑打倒你的自信，换只手举高你的自信。"我终于明白了老师的良苦用心。他让我多举左手而少举右手只是为了让我超越自己，换只手举高自己的信心，赢自己一把啊。在人生的道路上免不了遇到对手和困难，但如果不能举起左手，那我们做的第一件事就是"举起自己的右手"……

校园小记者多多的 采访手记

如果不能举起左手，那就勇敢地举起右手。用努力建立自信，用自信驱走自卑，迎来的就是成功。

老师的眼泪

上高中的时候，我们班只是个普通班，比起学校里抽出的尖子生组成的8个实验班来，我们班的同学考上大学的机会不多，因此除了几个学习好的同学很努力外，我们大多数人都只是等着毕业混个文凭，然后找个工作完事。

我们的班主任，兼着我们班代数课，是刚从师范院校毕业的，他非常敬业，每日都催着我们学习学习再学习，作业作业再作业。但是说归说，由于许多人抱着破罐子破摔的想法，我们的成绩却始终上不去，在全校各科考试中屡屡倒数。

直到高二时的一次数学联考，张榜公布的我们班成绩却破天荒地超过了几个实验班的成绩，这使我们兴奋了好几天。发卷子的时候到了，老师平静地把卷子发给我们，我们欣喜地看着自己从没考过的高分。这时老师说："请同学们自己计算一下分数。"算着算着，我发现我的分数竟比实际分数高出20分，同学们

也纷纷喊了起来，"老师怎么给我们多算了20分？"课堂上乱了起来。

老师把手摆了一下，班上静了下来，他沉重地说："是的，我给每位同学都多加了20分，这是我为自己的脸面也是为你们的脸面多加的20分。老师拼命地教你们，就是希望你们为老师争口气，让老

幽默乐翻天

汤姆第一次跟爸爸去打猎。他对一切都非常好奇。他发现每当遇到猎物，爸爸端起枪来，总是闭一只眼瞄准，然后扣动扳机。于是，他问爸爸为什么。

爸爸回答说："汤姆，你问的问题太简单。如果两只眼睛都闭上，那就什么也看不见了。"

返回的路上，突然惊起一只兔子。爸爸举起空枪就瞄准。约翰提醒说："爸爸，你还没装子弹呢！"爸爸立即说："嘘！小点声，兔子不知道呢。"

师不要在别的老师面前始终低着头，也希望你们不要在别的班的同学面前总是低着头！"

老师接着说："我来自山村，我的父母都去得早，上中学时我曾连红薯土豆都吃不起。唯一的小妹为了我，小学没毕业就不上学了，到现在还在外地打工，这是我一辈子都还不起的人情债。大学放暑假，我每天到建筑工地拉砖，曾因饥饿而晕倒，但我就是凭着一股要强的精神上完师院的。生活教会了我在任何时候都不能服输，而你们只不过分在普通班就丧失了信心，我很替你们难过。"

这时候，教室里安静极了，同学们都低下了头。老师继续说："我希望我的学生也要做要强的人，任何时候都不服输，现在还只是高二，离高考还有一年多的时间，努力还来得及，愿你们不靠老师弄虚作假就挣回足够的分数，让老师能把头抬起来，继续要强下去。"

"同学们，拜托了！"说完，老师低下头，竟给我们深深地鞠了一躬。当他抬起头的时候，我们看到他的眼睛里流出了泪水。"老师……"班里的女生们都哭了起来，男生的眼里也含满着泪水。

那一节课，我们什么也没有学，但一年后的高考，我们以普通班的身份夺得了全校高考第一名。据校长讲，这在学校的历史上是从未有过的。因为，我们班每一个学生都会记住老师的眼泪的。

校园小记者多多的 采访手记

老师的眼泪让学生感动，让学生开始努力，并取得好成绩。自暴自弃只意味着永远的失败，而努力终会有收获。

小机灵多多 的爆笑生活

琴 师

上小学的时候，有一阵我对学拉二胡简直到了痴迷的程度。每天放学从教音乐的沈老师窗前经过时，从里面飘出来的那或悠扬或凄婉的琴声总是让我挪不动脚步。多次登门恳求后，沈老师终于答应收我为徒。

在沈老师的悉心辅导下，我的演奏技艺突飞猛进。进了中学宣传队后，我便成了各种舞曲的"首席演奏员"。

有一次，省歌舞团来校招收小演奏员，当时我们几个小伙伴兴奋不已。我满以为沈老师会把我推荐上去。过了一周，直到其他几个演技平平的同学欢天喜地地登上去省城长途客车的那一天，我才躲在一个角落里悄悄地落下了泪水。从此，我心里对这位"恩师"产生了一股悠悠的怨气。

直到我上了高中。那天，沈老师专门去我家表示"道歉"，解释了事情的原委。尽管我心里对他已全无好感，但还是忍着性子听他讲了起来："孩子，我知道你很好学，也有音乐的天赋。要怪就怪你跟错了我这个'师傅'。你看，从一开始我的指法和运弓的方法都是错的。当时去省歌的几位同学虽然技不如你，但经过目测，他们左手五指长而圆润，右手运弓轻松自如。从长远看，他们更有培养前途，就好像一张白纸。而我拉琴的套路就等于在你的这张原本洁白的纸上染了一大块墨汁，积重难返。凑巧把你给招上去，那也是耽误你一生啊！"

听完沈老师所讲的"隐情"，我的心在震颤，豆大的泪珠从我脸上滑落了下来，我紧握着老师的手半天不愿松开。刹那间，我觉得沈老师人格可贵，敢于在学生面前坦承自己的不足，该需要多大的勇气。从这个意义上来说，他就是我人生道路上最好的"琴师"。

那件事后，我明白了一个道理，干任何事不能只凭一腔热情。学本事要审时度势，量体裁衣，就像一列火车，背离了方向，速度越快，只会离它要到达的目的地越远。

校园小记者多多的 采访手记

无论做什么事，看准方向，才能充分发挥自己的有利条件。如果方向错了，那么有利条件也许会起到相反的作用。

《临界·爵迹》

作者：郭敬明

传说中的奥汀大陆分为东、南、西、北四国，在这个世界中，充斥着神秘莫测的魂术，弥漫着权力和欲望的激烈争夺。这四个国家中，最强等级的魂术师被称为"王爵"，每个国家的"王爵"都有七位，他们代表着整个国家最巅峰的力量。本书宏大而复杂的故事，就开始于四国中的西之亚斯蓝帝国。

生性单纯而憨厚的平民少年麒零，无意中卷入了这场帝国间的斗争。从未接受过魂术训练的麒零被告知，他已被选为第七"王爵"的"使徒"，从此跟随他的领导者出生入死。那些曾经只存在于人们想象中的目眩神迷的强大魂术，开始不断出现在麒零眼前；那些帝国统治者之间讳莫如深的恩怨纠葛，也渐渐显现了真相的影踪。麒零在经历了无数场触目惊心的争斗之后，却和与之形影不离、互系生死的"王爵"分崩离析，重归伶仃……

在追逐最高权力的过程中，在"王爵""使徒"激烈的厮杀中，阴谋与倒戈不断撞击着真理和意志，鲜血淋漓的死亡成为常态……究竟"王爵"们巨大而恐怖的力量由何而来？传说中至高无上的"白银祭司"又掌握着怎样的真相？这场旷世之战，究竟要将主角的命运引向王者的宝座，还是惨烈的死亡？

编辑推荐:

漫长时间的验证，数千万销量的累积，永不停息的挑战，郭敬明所要奉献给亿万读者的，就是这样一部小说——既能刊登在传统严肃文学领域旗帜杂志《收获》上，又能用瑰丽奇幻的架空故事迎战视听全媒体、以首印200万的天文数字称霸全国书市的传奇之作。超越《幻城》五倍复杂程度的庞大世界观设定，挑战文字华美极限的磅礴奇幻场景。超越《小时代》的暴风骤雨般的叙事节奏，更加跌宕起伏的悬念设计，更加诡谲阴森的黑暗阴谋，更深刻的人性描摹，更丰满扎实的灵魂刻画。无数的期待，让我们先睹为快。

教美术的乔先生

"我姓乔,乔老爷上轿的乔,轿子拿去'车'字旁之后的那个乔,大号乔——惟——良。惟良者,惟惟诺诺之'惟',操行良好之'良'也。今天起,我就是各位同学的美术任课老师。"乔先生的开场白别开生面,惹得大家哄堂大笑。乔先生和我们上的第一堂美术课,就是这样开始的。

我个头高,坐在倒数第一排,从前面几排同学的肩膀上看过去,乔老师精瘦,脑袋上白花花地留着些短发,下巴尖尖,牙似乎也不怎么齐,一副深度眼镜架在挺直的鼻梁上,滚圆的黑镜框给他本已生动的形象更添了些许诙谐。他自称已是半百之人,可同学们都以为他早过了退休年龄,少说也是六十五六岁的人了。

尽管有副近视眼镜架着,捧在手上的书本还是要抬得很高,离眼镜框子顶多三五寸,似乎只有这样,他才能看见那上面的文字。

美术是副科,或许是因为这个,或许是因为乔先生的老迈与善良,还有他自己没得任何一点师道尊严的开场白之故,每到他来上美术课,教室里的秩序总是不太好。乔先生开始并不恼火,只是轻声地念叨两声"不要讲话",可还是有人不自觉地交头接耳影响别人听课。

有一回,同学们公认的"老绵羊"乔先生终于发了火,他一边用黑板擦子在讲桌上用力地拍击,一边犹如京剧舞台上的叫板,拼着全身力气大声喊道:"不——要——讲——话!"这一喊,奏了效,整个教室里针掉在地上都能听得见响,出奇地安静。

乔先生涨红着脸,半天没有吭声,过了三四分钟,他才开了腔:"今天老夫已经是不得不发火!己所不欲,勿施于人。我哪里有精神跟你们这些少爷小姐们生气,委实是'是可忍,孰不可忍'。"

先生冲天一怒之后,美术课的秩序大为改观。"像这样子嘛,我也有积极性,有了积极性嘛,我就能够多讲,而且用心用神地讲,绝不是'糊差'。美术课将来有用没用?我

幽默乐翻天

小明上完厕所回到教室,对英语老师说:"厕所有好多蚂蚁。"

老师刚教完学生"ant(蚂蚁)"这个单词,便想考考小明,于是问道:"蚂蚁怎么说?"

小明一脸茫然:"蚂蚁它——它什么也没说……"

说不清楚。在座的将来不是清华，就是复旦，少不得也有个南大、南理工的，全都是穿皮鞋的料子。不过，多长点儿艺术细胞，也没得坏处!"乔先生一口纯正的邵阳城里人的腔儿，欣慰之中的他一脸的微笑，依旧是不紧不慢的那个调门。

一天，乔先生讲课来了兴致，高兴地和同学们谈起了自己的出身和优缺点。

他甚至有点兴奋地问道:"可有哪位同学晓得我的诨名?"

家住南门上河边的一个女生道:"人家都叫你'乔猴子'。"

听到这话，同学们都笑了。其实先生就是个猴子相，只不过是个"老猴子"而已。

乔先生似乎很快活:"你怎么晓得?"

"我听父亲说的。"

"你家也在南门城外?"

"上河边上。"

"哦! 原来是邻居，我家住在舒家大巷，出了巷头就是南门'上河边'。"

其实，"乔猴子"不是他的诨名，而是行里人对他的笑称，因为他精于工笔画，尤其是画猴子的功夫了得。

过了些日子，又轮到上美术课。先生夹着几卷画作，多数是猴子，让我帮他挂到黑板上的木头框上。"今天大家不临摹'静物'了，我着重讲一点关于国画的知识……

中国画，又叫国画，是我们中国传统绘画的主要门类。中国画在古代被称为'丹青'……为了区别于西方人的油画——'西洋画'，我们把我们的画称为'国画'。"

乔先生国画普及课讲得很生动，45分钟的一堂课一晃就过去了，挂在黑板上的几张实物还没来得及讲，下课的铃声已经响起。"我们按时下课，有对画作有兴趣的同学可以近前观察一下，我在这里等几分钟。"

"这猴子多活鲜!"

"这猴毛简直像真的一样!"同学们挤在一起，连声地赞叹。

到下一堂美术课时，一位刚从南师院毕业的女老师取代了乔先生。人蛮漂亮，调门子却与乔先生不同，颇讲点师道尊严，尤其强调秩序，或许是乔先生的美术课秩序不好在学校里已经出了名，或许是刚来的女老师想杀杀我们这些孩童的顽劣之气。

后来才知道乔先生原本不是教美术的，高中部的化学课是他的本职，只是因为初中部的美术课老师一时排不下来，校方才请他代上一年半载。

与乔先生相比，科班出身的这位要强的女老师或许多出了些许"学院派"的味道，但她上的课却没有乔先生的美术课那样生动，那样有趣，那样引人入胜。

校园小记者多多的**采访手记**

乔老师春风化雨的教育，让孩子的心灵得到了极大的收获。这样平易近人、幽默诙谐的老师，谁不喜欢呢?

难忘的一课

我和阿坤，还有一群同年级的同学，现在都叫不出名字来了，那天我们在一个小卖部看了一个电影，是在电视机上放的，那种现在看来像慢动作的武侠片，当时对我们来说算是极品剧目了，我们忘记了上课的时间，一直到剧终才记起还有上学的任务，于是我们九个同学向学校疯跑。

罚站的恐惧让我们忘记了长途奔跑的疲累，在离学校还有300米的时候我们就慢下了脚步，学校操场上空无一人，凭经验判断，上午课早开课了。

阿坤说："迟到了！"

我说："不能去教室了！"

"那去哪儿？"大家异口同声问我。

"一不做二不休，就在外面玩，下午再上学！"

我是班上的学习委员，关键时候发挥了一次不好的"权威"，结果可想而知，那天我带着八个同学一头扎进了学校附近的麦田里，周围弥漫着青苗的芳香，风吹过，满耳都是窸窸窣窣的声音，我们就像绿色海洋里跳跃的海豚，活跃在麦田间的田埂里，最后我们糟蹋了一片麦苗，踏平了一块，九个人躺成了一圈，望着天，享受着逃

幽默乐翻天

乌龟受伤，让蜗牛去买药，两个小时过去了，蜗牛还没回来。

乌龟埋怨道："他怎么还没回来，我都快死了！"

这时候门外传来一声："别抱怨了，你再说，我不去了！"

爆笑作文

映入眼帘的是方格子床单，白色的墙以及一点一点往下滴的药瓶。

·师评：药瓶莫非是蜡做的？

然天公不作美，小小年纪患上了尿毒病。

·师评：天公患了尿毒症？会不会引起水灾？

有一天，母亲高兴地从医院回来，她得知，可以通过换肾手术，使（尿毒病的）儿子重见光明。

·师评：肚子疼上眼药的疗法。

课的自由。

绿的地和蓝的天，简单纯粹的空间很快被天边漫卷而来的乌云打破，我们惊惧不已，赶紧起身往学校的方向奔逃，我们似乎是被一阵大风捧着逃进教室的。当时学校刚上第二节课，是班主任方老师的语文课，其实第一节课也是方老师的，他肯定知道我们逃课了。忐忑不安的我们，当时的心情和外面的天气一样，电闪雷鸣，狂风大作，不时传来狂风摔打门窗的声音，那时候的教学设施简陋啊，我们的教室有很多窗户是没有玻璃的，同学们就用从家里带来的塑料薄膜钉在窗户上权当玻璃，但很多被调皮的同学用笔戳穿了，风从大小不等的洞吹进教室，十分刺耳。

方老师没有像往常那样给我们上课，更没有惩罚我们，却用粉笔在黑板上写了两排大字：

黑云压城城欲摧，
山雨欲来风满楼。

随后方老师给我们详细讲解了这两句诗的很多典故，我记得当时同学们都听得津津有味。不久就是雷电交加，大雨倾盆。教室到处漏雨，大家为了给课桌避雨，已经挪得七零八落，但这并没有影响我们认真听方老师给我们上的这特别的一课。

那是我小学的时候最难忘的一课，我是在后来高中的时候才学到这两句诗的，也是在高中的时候才知道诗句的具体意境，当时方老师给我们讲诗句的时候，我们似懂非懂，但却对当时的情景和诗句的意境契合之美感触很多，以至于我永远也忘不了那一天的经历。

后来我参加了高考，勉强过了独木桥，后来在和同学交往中，得知方老师在给我们代课的那年刚刚高考落榜，那时的他还保持着一身的书生意气，正是他的这种书生意气深深感染了我，不管遇到什么挫折或者风雨，只要我想起那乡村学堂风雨中传道授业解惑的一幕，总会有一种温情让我浑身振奋，让我永远都活得年轻而且自信。

校园小记者多多的 采访手记

人生总会遇到各种挫折和风雨，逃避无法改变现实。从容面对，不改本色，人生就会永远活得年轻而且自信。

美丽的歧视

高考落榜，对于一个正值青春花季的年轻人来说，无疑是一个打击：8年前，我的同学大伟就正处于这种境地，而我则考上了京城的一所大学。

等我进入大学二年级时，有一日大伟忽然在校园里寻找到了我，原来，他也是北京某名牌大学的一员了。

"祝贺你！"我说。

"是该祝贺。你知道吗？两年前我一直认为自己完了，没什么出息了，可父母对我抱有很大希望，我被迫去复读——你知道'被迫'是一种什么滋味吗？在复读班，我的成绩是倒数第五……"

"可你现在……"我迷惑了。

"你接着听我说。有一次那个教英语的张老师让我在课堂上背单词，那会儿我正在读一本武侠小说。张老师很生气地说：大伟，你真是没出息，你不仅糟蹋爹娘的钱，还耗费自己的青春。如果你能考上一大学，全世界就没有文盲了。我当时仿佛要炸开了，我"噌"地一下跳离座位，跨到讲台上指着老师说：你不要瞧不起人，我此生必定要上大学。说着我把那本武侠小说撕得粉碎。你知道，第一次高考我分数差了100多分，可第二年我差了17分，今年高考，我竟超了80多分……我真想找到张老师，告诉他：我不是孬种……"

3年后，我回到我读高中的学校，班主任告诉我，教英语的张老师

幽默乐翻天

老师：李同学，你认为太阳和月亮哪个更重要？

李同学：月亮更重要。

老师：为什么呢？

李同学：月亮能给黑夜带来光明，而太阳好像没什么用，总是在大白天出来。

得了骨癌。我去看他，他兴致很高，其间，我忍不住提起了大伟的事……

张老师突然老泪横流。过了一会儿，他让老伴取来了一张旧照片，照片上，一位学生正在巴黎的埃菲尔铁塔下微笑。

张老师说："18年前，他是我教的那个班里最聪明也最不用功的学生。有一次，我在课堂上讲：像你这样的学生，如果考上大学，我头朝地向下转三圈……"

"后来呢？"我问。

"后来同大伟一样。"张老师言语硬咽着说，"对有的学生，一般的鼓励是没有用的，关键是要用锋利的刀子去做

他们心灵的手术——你相信吗？很多时候，别人的歧视能使我们激发出心底最坚强的力量。"

两个月后，张老师离开了人世。

又过了4年，我出差至京，意外地在大街上遇到大伟，读博士的他正携了女友悠闲地购物。我给大伟讲了张老师的那席话……

在熙熙攘攘的人群中，大伟突然泪流满面。

在那以后的时光里，我一直回味着大伟所遭遇的满含爱意却又非常残酷的歧视。我感到，那"歧视"蕴含着一种催人奋进的力量。对大伟和那位埃菲尔铁塔留影的学生而言，在他们的人生征途中，张老师的"歧视"肯定是最宝贵、最美丽的。

校园小记者多多的 采访手记

面对歧视，如果有痛的感觉，那就说明还没有失去自尊与自信。知耻而后勇，就会用坚强的力量发愤图强。

小·机灵多多的爆笑生活

包容是一条五彩路

一个小学校长在校园里巡视，当他走到教学楼后面一条正在铺筑水泥的小路前时，他发现还没有完全凝固的水泥面上有两只玻璃球。他想，一定是孩子们在课间玩耍时一不留神。

儿把玻璃球弹到了这里，如果现在不赶快把它抠出来，等水泥完全凝固了，那玻璃球就成了永远的镶嵌物。他弯下腰，准备伸手去抠玻璃球。突然，有两个男孩咻咻地笑着，手拉手从他身边飞快跑过，跑出几十米后，又警觉地回头，似乎是担心会遭到校长的批评。校长愣了一下，他摆摆手，示意那两个男孩过来。

男孩吐着舌头不情愿地走过来，手紧紧捂着口袋。校长微笑着对他们说：

"你们能不能借给我一样东西？"两个人齐声问："什么东西？"校长说："你们口袋里的东西——玻璃球。"两个男孩惊讶万分，低着头，不敢迎视校长的目光。口袋里一阵脆响之后，十多只玻璃球交到了校长手里。

校长俯下身子，像个淘气的孩子，把玻璃球一只一只按到了水泥路面上。两个男孩连忙向校长认错，承认原先那两只玻璃球是他俩按进去的，并表决心说"再也不敢了。"校长听了朗声大笑起来，他说：为什么要认错呢？我表扬你们两个还来不及呢！你们看，水泥路面原本多么灰暗、多么单调，但是，镶上了几只玻璃球就显得多么精神、多么漂亮！快去，告诉你们的同学，让大家把玩过的玻璃球、小贝壳、彩石子全都拿出来，砌出你们自己喜欢的图案——心形、圆形、三角形，什么图形都可以，咱们要把这条路铺成一条五彩路！

多少年过去了，当年的孩子又有了孩子。当他们满怀信任地将自己的孩子再度送进自己的母校时，总忘不了牵着孩子的手，带他们来走这条五彩路。不再年少的心澎湃着，激荡着，在分享不尽的一份包容与睿智面前，再一次感受了生活的美好，再一次汲取了奋进的力量。

校园小记者多多的 采访手记

学校应该是一个包容孩子五彩梦想的乐园，而不是刻板单调的流水生产线。

英文名字: Hans Zhang

出生日期: 1984年10月6日

国家或地区: 中国

身高: 183厘米

毕业院校: 中央戏剧学院

兴趣爱好: 健身、驾车、音乐

星座: 天秤座

职业: 演员

　　张翰,毕业于中央戏剧学院表演系。他曾拍摄过多个广告。2009年参加拍摄湖南卫视自制偶像剧《一起来看流星雨》,同时因为该剧的热播名声大振,成为内地偶像剧一哥。2010年参加拍摄湖南卫视自制偶像剧《一起又看流星雨》,此外还参与拍摄了《甜果乐园》和《爱情果冻》。2010年获搜狐秋季电视剧盛典最佳男新人奖。

英文名字: Jerry Yan

出生日期或生日: 1991年8月22日

国家或地区: 中国

身高: 168厘米

毕业院校: 北京电影学院

兴趣爱好: 表演、舞蹈、钢琴、瑜珈、看书

星座: 狮子座

职业: 演员

　　郑爽,1997年曾入选沈阳市电影小明星。16岁考入北京电影学院表演学院2007级表演系本科班。2009年参与湖南卫视与天娱传媒联合打造的内地第一部偶像剧《一起来看流星雨》,饰演女一号"楚雨荨"。 2009年,搜狐电视剧季评第三季最受欢迎女演员,2009年CRI国际在线娱乐2009内地最红人。她是第8届中国金鹰电视艺术节暨第25届中国电视金鹰奖提名年龄最小的入围者,奖项的提名肯定了她所付出的努力,不凡的票数印证了她的实力。

老师的珍藏

过年回家，突然想要去看望小学时的李老师。

近三十年的时光催白了老师的满头黑发，当他从烤火的暖桶起来时，我发现昔日威风凛凛的老师已瘦弱不堪，虽拄着一根拐杖，仍显得步履蹒跚，仿佛任何一点外力都会使他在顷刻间倒下身去。

有学生来访，李老师似乎很兴奋，满脸高兴地笑着，像个孩子。我说起小时候的很多事，老师虽不住地点头，却是满脸迷惘，显然他已不记得了。事情总是这样，学生记得的很多事，老师却已没有印象了。也难怪，学生一茬一茬的，实在太多，哪像孩子，即使长大了，也一直在心灵深处保留着童年时代的点点滴滴呢？

李老师喊着师母给我添开水，自己却一挪一挪地走进房去，接着是翻箱倒柜的声音，待出来时，他手里拿着两本影集和一个红绸布包袱。

翻开影集，一张张全是毕业班合影，好些照片已黄得不像样子，但人像依然十分清晰。李老师抖索着翻到我毕业的那一张，左看右看一番，最终交给我："你自己看吧，我的眼睛不好，找不到你了。"我很快找到了自己，很小的头像，穿着黑衣服，戴着红领巾，一副土里土气的模样，

畏畏缩缩地站在那里。李老师坐在前排的中央，好年轻哟，似乎比我现在的年纪还要小一些，问老师自己，老师招了招指头，说那年他正好四十岁。

李老师的眼睛已不大管用了，但他仍一张一张地翻着照片，用手轻轻地摩挲着，一如抚摸着他心爱的孩子，有什么东西在他混浊的眼睛里闪烁着，老师流泪了。他抚摸着的都是他费尽心血培育过的学生啊，学生翅膀硬了，各飞东西，而他已垂垂老矣，睹物生情，能不百感交集么？

把相册移到一边，李老师开始解红布包袱。会是什么呢？我飞快地猜了十几样，却都不敢肯定。打开了，却是一摞练习本。只扫了一眼封面，我的心猛地一跳，脑海里"嗡"的一声，

幽默乐翻天

一只好学爱问的小老鼠问它的妈妈："什么是老鼠的自我价值呢？"

它的妈妈很讨厌这个问题。于是，对它说："这个只有猫知道。"

可怜的小老鼠于是就找到了猫先生，并提出了这个问题。

猫一边打着饱嗝，一边对小老鼠说："这个，你等会儿就知道了。"

眼光便再也移不动了，那上面工工整整地用正楷写着："我为你们骄傲，我的学生们! ——学生作文精彩片段摘抄"。老师宝贝般珍藏着的竟是学生幼稚的习作!

我几乎颤抖着手翻开摘抄练习本，打开老师不知尘封了多少年的记忆，走进我们童年的课堂中去。说实话，一个小学生的作文再好又能好到哪儿去，也许是一个好词，也许是一句有点新意的语言，可李老师却用一丝不苟的笔迹抄了这厚厚的十几本!

顺着李老师编出的年份，我很快找到了我那个班级的地方，而且很快找到了自己当年的"杰作"。那时我的作文在班上也算得上是好一点的，李老师摘录的东西里我的篇幅也就相应多一些。我慢慢地看着，陶醉在一种不可言状的幸福里，不禁轻轻地念出声来："秋天的山村特别美丽，满山的红叶是新娘的盛妆，打柴的女孩都把菊花插在头发上，从我身边走过时，留下一股淡淡的药香。"别说，这一段还真是写得不错。

"我们的语文老师特别威严，站在我面前像个将军，我非常怕他，怕他的'栗子'打在我的头上。"这段话也的确是事实，别看李老师现在慈眉善目的样子，那时候可凶着呢。他那时常常在课堂上边挥舞教鞭，边大声地重复着他的治学格言："子不教，父之过。教不严，师之惰。"那时还没有尊重学生人格这种说法，李老师基本上把他对学生的爱都浓缩在挥动的教鞭里，越是成绩好，有前途的学生，他就管得越严，打得也就越凶，逼得我们在学习上不敢有一丝的马虎和懈怠，还以为他是铁石心肠，从不考虑我们的想法呢，万万想不到，这样一段话老师也会记下来。

我望望李老师，老师也正看着我呢，苍老的脸上，一双眼睛微笑着，笑意里满含着慈祥，一种幸福和满足在他脸上洋溢着，在他的眼光里流淌着。

老师用照片和摘抄本珍藏着他的骄傲，珍藏着他的悠悠岁月，也珍藏着一个为人师者对学生们的祝福和期望。

校园小记者多多的 采访手记

老师珍藏着自己的岁月，也珍藏着对学生们的祝福和期望。美好的时光总是无法挽留，但美好的记忆却可以珍藏。

举了二十年的经典范例

　　她是一位经验丰富的老教师。三十年如一日，她工作兢兢业业、一丝不苟，深受学生爱戴。她对学生要求严格，从不轻易"放过"那些不求上进、马虎大意的孩子；她也很会启发激励学生，特别在一些"关键"时刻总爱举一些实例教育孩子。有一个"经典范例"在她教过的学生中已经流传了二十几年。

　　"你这样粗心怎么了得？你大概还没有尝过粗心大意的苦头吧！五年前，我教过的一个班有两个学生历来都是尖子。高考时，一个正常发挥考上了重点大学，另一个简直粗心到了极点，负一加一居然等于负二，估分时痛哭流涕。结果差一分达本科线，真是可惜！你以后一定要改掉粗心的毛病，你应该明白一分对人的一生会造成多大影响。"

　　"同学们，一年一度的高考又快到了，三年的努力不能白费。大家一定要卯足劲儿，超水平发挥，绝不能有丝毫的松懈情绪。十年前，我教过的一个班有两个学生历来都是尖子。有一个正常发挥，考上了重点，现在在国外留学。另一个学生发挥失常，差一分达本科线。现在还在打工，真可惜！因此，大家必须珍惜每一分，因为它对你的一生可能造成极大影响。"

　　"这段时间，我们班一些同学学习松松垮垮，成绩每况愈下，这样下去，怎么收场？十五年前，我教过的一个班有两个尖子学生，高考时一个正常发挥上了重点，后来出国留学，

幽默乐翻天

　　一学校决定在一个班级派一名同学到美国留学。

　　班主任让同学们选，看谁去最合适。这时，沉默寡言的小明站了起来，小明说道："老师，我去最合适。我白天上课就想睡觉，晚上却老是睡不着。"

现在当了高级白领。另一个高考前一段对自己要求不严，考试时又很粗心，结果差一分达本科线，现在只能后悔。因此，我劝那些不求上进的孩子必须马上改过，不然恐怕哭都来不及，要知道一分能决定人的命运呀！"

老师每一次举这个例子时，都非常有针对性，而且巧妙地做一点"修改"。每次讲述时，情绪也颇激动，确实收到了不小的效果。

临近退休，那位"经典故事"中的"正面人物"来看老师。师生相见，很是亲切。学生告诉她，自己现在过得不错，

> **爆笑作文**
>
> "唧"的一声，我来了个紧急刹车，可还是把老太太碰倒了，满篮子鸡蛋亦随风飘舞。
>
> ·师评：好美的鸡蛋！
>
> 而被流放的屈原，时时不忘报国，终因报国无门，而自刭于乌江。
>
> ·师评：他会见到项羽么？
>
> 面黄肌瘦的她妈三十多岁就如五十的外形。
>
> ·师评：浓缩才是精华！

在一家大公司任部门经理，上司是自己的老同学，就是差一分考上大学的同学。老师听后惊讶不已。

"同学们，送走你们这届学生，我也要退休了，这是高考前也是毕业前的最后一堂课。二十年前，我教的班里有两个尖子学生，一个高考时正常发挥上了重点，后又留学。一个很可惜，差一分达本科线，后来四处打工，现在留学回国的学生正在他创办的公司里工作。因此，我要说：大家一定要放松心态，高考不会决定人的一生，社会这个大课堂才是真正磨炼人的好地方！"

校园小记者多多的 采访手记

考试成绩优异只说明你在学校里优秀，事业成功说明你在社会上优秀。经受住社会大课堂磨炼的人，才是真正优秀的人。

小机灵多多的爆笑生活

巧抓网虫

不知是受谁影响，班里刮起了"QQ风"，男同学、女同学，家里有电脑的、没电脑的，都申请了QQ号。除了上课，讨论的话题是"万变不离其Q"啊。

这一切自然逃不过眼观六路、耳听八方的坐镇总帅——祝老师的眼睛。呵，今天祝老师穿得蛮时尚的嘛！上身穿一件白衬衣，外套一件深蓝色的短袖线衫，一条蓝色调的绣花裙子，大方不失几分妩媚，一双黑色高跟鞋更是添了几分风姿。一头直直的长发披在肩上，正随着脚步有节奏地一颤一颤的。

"华迁，你出来一下。"怪了，老祝把网虫之首叫出去干什么？老师好像心情特好，一直笑眯眯地跟华迁说着什么。不一会儿，华迁笑嘻嘻地走了回来，还不忘跟他的同桌兼网友佐岸做鬼脸呢。

自然，华迁马上成了焦点。下课铃一响，身边"呼啦"一下围满了同学。瞧这网虫得意的样子，原来老祝向他请教了一些电脑问题，还要加他为QQ好友呢。

有关祝老师的一切QQ详情均从华迁口中而出，有多少人羡慕他啊，竟然与堂堂的"坐镇总帅"成为好友，几生才有的好运啊？

我猜这几天呀，老师的QQ一定被炒爆了。这么多的同学蜂拥而入老师的QQ里，甚至可以想象得出那清脆的嘀嘀声是怎样地叫个不停。

一个星期后，事情却急转直下。老祝再次把华迁叫了出去，瞧着老师铁青的脸、紧皱的眉，还有那一扎冲冠的怒发，我们不用猜也会知道个八九不离十。果然，站在走廊上的华迁一直低着头，低得都快掉下来了。下课时，教室里便爆出特大新闻：华迁这几天每晚玩QQ游戏玩到夜里11点！天哪，11点，我都不知做了几个梦了。

原来，加华迁为好友是祝老师"消灭网虫"计划的第一步，现在网虫们都被老祝一网打尽了。看来他们是"死罪可免，活罪难逃"喽！

校园小记者多多的 采访手记

祝老师用欲擒故纵之计把班里的网虫一网打尽，可谓巧妙。相信能走近学生的老师，一定会把学生引上正确的道路。

·第四章·
考呀考
呀考

吃过晚饭，李阳一早就去了书房。

李阳是镇中学初二年级的学生。学校明天要进行摸底考试。李阳想认真地复习一下，考好点，给大家留下一个好的印象。李阳是这学期才从别的地方转学过来的。

李阳是一个学习特别自觉的孩子。那天晚上，李阳一拿着课本就忘了时间，一直到晚上12点，姑妈催了几次，李阳才恋恋不舍地上了床。躺在床上，迷迷糊糊地，李阳又梦到了以前的同学。在梦中，李阳和同学们一起在操场打篮球，练跑步；在山上捉迷藏，摘野果。后来，玩累了，李阳和同学们躺在学校背后的小树林里，看天。上课的铃声响了，大家翻身起来嘻嘻哈哈地跑回了教室。刚坐下，李阳就听到轰隆一声巨响，好像房顶压了下来。李阳一下就醒了，忽地从床上坐了起来。李阳的头上冒着汗水，心"咚咚"直跳，眼前全是同学们的影子。李阳就那样傻了似的在床上坐着，慢慢地，眼睛开始湿润了。李阳埋下头，弯下腰，肩膀一抽一抽地开始哭泣。

第二天，考试时，李阳拿着卷了，忽然又想起了头天晚上的梦境，想起了梦中的同学。李阳静静地坐了一会儿，眼睛又开始湿润了。李阳顾不上擦一擦眼泪，拿起笔开始做题。泪水滴在考卷上，李阳从身上摸出卫生纸擦了擦，又继续做题。

那天，李阳是边做边流泪。

交卷的铃声响了。李阳看了看手中的卷子，眼中的泪又流了出来。李阳再次擦了擦试卷上的泪痕，放好卷子，走出了教室。

幽默乐翻天

体育课上，老师叫同学们跑五圈，同学们才跑了三圈就气喘吁吁，有个大胆的学生说："我们都跑八圈了，怎么还不让停？"老师故作惊讶地说："什么！怎好让你们吃亏呢，全体向后转，再跑三圈，补回来！"

那几天，李阳的心里一直想着以前的同学。李阳知道，这次的摸底考试是彻底地考砸了。李阳不敢面对老师。

谁知，几天后的一个早晨，李阳却被班主任老师叫到了办公室。

看见李阳，老师从办公桌上拿起一张试卷，问李阳是不是他的。

李阳用眼睛扫了一眼试卷，脸一红，轻轻地点了点头，随后，马上又把头低低地埋了下去。

老师看了看手中的卷子，对李阳说："其实，你这次其他科的成绩考得还是蛮不错的！"

听老师一说，李阳的脸更红了，头也埋得更低了，更不敢抬头看老师。

老师看李阳的样子，又说："不过，我没搞懂你这张卷子是啥意思？"老师边说边抖动了一下手中的卷子。

李阳还是低着头，一言不发地站在那里。

老师又说："你说说，你为啥要在上面写这么多的名字？我数了数，上面一共写了52个人的名字，并且还偏偏就没有你的名字。"

这时，李阳终于抬起了头。李阳一脸的泪水，说："老师我错了！"

看见李阳的泪水，老师更是丈二和尚摸不到头脑，不知道李阳哭啥，觉得李

网络名词秀 SEARCH

1. 师傅，刷卡行吗？可以！……饭卡不行！

2. 有时候选择放弃是对的，但放弃选择肯定是错误的！

3. 正常情况下，眼睛是黑的，心是红的，一旦眼睛红了，心就会变黑。

4. 我不是天桥上算命的，唠不出那么多你爱听的嗑。

5. "早睡"和"早起"并不总是一一对应的关系……

阳心里肯定有啥事情瞒着老师。于是，老师忙走到李阳的面前，用手摸着李阳的头，十分和蔼地问："哭啥？心里有啥委屈说出来，老师帮你！"

李阳望着老师，脸上的泪水更是恣意地流淌。

老师忙弯下身子，抱着李阳。

李阳终于说："老师，这上面的名字全是我以前的同学。"

老师一惊："啥？你的同学？"

李阳点点头，望着老师，说："老师，我想帮他们再考一次。"说完，李阳脸上的泪水铺天盖地地淌了下来。

此时，老师想起了在那次大地震中，李阳是他们班上唯一的幸存者。

老师紧紧地抱着李阳，瞬间，也是泪流满面。

校园小记者多多的 采访手记

李阳为遇难的同学再考一次，是对他们的追思，是最纯洁的友谊。对逝去生命的最好安慰，就是幸福地活着、努力地追求。

珍藏一颗善良的心

开学第一天，我们班转来了一位新同学。

"听说新来的同学很厉害哦，得过市数学竞赛一等奖呢。"班主任刘老师笑着说，"现在你有竞争对手了，好好努力呀。"

第二天，在教室的最后面，果真多出了一个很秀气的短发女生。原来刘老师口中的数学能手竟是一个女生。

没多久，她就锋芒毕露，几次考试下来都与我不分上下。我渐渐感到了一种威胁，我占据多年的宝座就要被一个小女生颠覆了。

不久，学校要参加一次全省的联考，据刘老师讲，这次试卷与中考相差无几。我想，真正较量的机会到了，鹿死谁手，考场上见分晓。

幽默乐翻天

小刚的哥哥是一名农业大学的学生，暑假回家，路过一果园，见一果农在修剪果树。他想在小刚面前显摆一下自己的学问，就上前对那果农说："大爷，像您这样修剪，这树要能结十个苹果，我就很惊讶啦！"

老头看了他一眼说："何止你惊讶，连我也惊讶，这是棵桃树！"

进了考场，我发现她就坐在我的左后方。看见我，她微微一笑，我也点头回敬着。

一切都进行得很顺利，我握着圆珠笔的手不停地在试卷上写写画画，时间才过了一半，我便只剩下一道大题没有做了。我忽然想看看她做了多少，一扭头，发现她正看着我，见我回过头，她忙张了张嘴，仿佛想问我什么。我心中一惊：不会吧？她问我题？

没多久，在一次监考老师从我身旁走过之后，忽然，一个白色的纸团从后面飞了过来。我回过头，她正望着我，两只手不停地比画着，好像是让我打开纸团。她真的在向我要答案！

我忙举起手，监考老师走了过来，我指指纸团，监考老师气愤地拿起来打开看，但脸色渐渐变得严肃起来，他看看我的试卷，把纸团给了我。我疑惑地打开纸团：试卷作答只能用钢笔。我忙翻开试卷，考试规则上清楚地写着：试卷答题请用钢笔，圆珠笔、铅笔作答零分处理。

我猛然觉得自己的做法是多么地卑鄙无耻，这么善良的女孩，却被我……

监考老师忙给我拿来一张新答题卡，让我用钢笔重抄一遍。

分数出来后，我以一分的优势又获得了第一名。好友们为我庆祝，只有我一个人闷闷不乐，因为我知道，其实我输了，而且输得很惨。

我想向她道歉，可联考后，她就走了。但是，她给我一张粉红的卡片，上面只有六个字：善待你的对手！

我的心猛地颤抖了一下。善待对手，是呀，这是一种多么高尚的品质！一直以来，我认为对手之间只有竞争与杀戮，可是不曾想在残酷的搏杀中，也可以演绎出这么无私的情节来。

以后，我再也没有见过她，可是，那张粉红色的卡片我却一直珍藏着，同时珍藏的，还有一个女孩子善良的心。

校园小记者多多的 采访手记

对手之间并非只有竞争与杀戮。把对手当作互相帮助、共同提高的战友，怀一份感激，多一份尊重。

空白的答卷

在哈佛，在一座教学楼前的阶梯上，有一群即将毕业的机械系大四学生很快就要参加最后一门考试了，他们聚集在一起，正在讨论几分钟后就要开始的考试。他们的脸上显示出自信，这是最后一场考试，接着就是毕业典礼和找工作了。

有几个说他们已经找到工作了，其他的人则在讨论他们想得到的工作。怀着对四年大学教育的肯定，他们觉得心理上早有充分的准备，能征服外面的世界。

他们知道即将进行的考试只是轻而易举的事情。教授说他们可以带需要的教科书、参考书和笔记，只要求他们考试时不能交头接耳。

他们自信满满地走进教室。教授把考卷发下去，学生都喜形于色，因为他们注意到只有五个论述题。

3个小时过去了，教授开始收考卷。学生们似乎不再有信心，他们脸上有难以描述的表情。没有一个人说话，教授手里拿着考卷，面对着全班同学。教授端详着面前学生们忧郁的脸，问道："有几个人把五个问题全答完了？"

没有人举手。

"有几个答完了四个？"

仍旧没有任何动静。

"三个？两个？"

学生们变得有些坐立不安起来。

"那么一个呢？一定有人做完了一个吧？"

全班学生仍保持沉默。

教授放下手中的考卷说："这正是我所预料的结果。我只是要加深你们的印象，即使你们已完成四年工程教育，但仍旧有许多有关工程的问题你们全然不知。这些你们不能回答的问题，在日常操作中是非常普遍的。"

校园小记者多多的 采访手记

在知识的海洋中，学校所学的只是其中的一滴水。生活中还有许多我们不知道的问题，我们必须"活到老，学到老"。

《水浒》笑传

生意经

　　月饼市场如今是越来越红火，所谓"天价"的纪录，每年至少刷新一次。武大看在眼里，急在心里，蓦地灵机一动，月饼是饼，炊饼也是饼，难道我武大就卖不得吗？况且俺街坊王婆是个营销高手，有她坐镇，还怕赔本吗？

　　武大与王婆一阵合计之后，就让潘金莲向路人派发小广告，但见上面写道：

　　好消息，武大月饼专营店阳谷店开张啦！本店由名师武大（大宋特级糕点师）倾情料理，积数十年经验打造中国最好的饼。店址在本县繁华路段紫石街，营业面积达500平方米，购物环境良好，服务热情周到。

　　武侠版：随饼奉送武林秘笈《葵花宝典》《九阴真经》《九阳真经》等，价钱各不相同，赠《葵花宝典》者价格最高，因为我们还会随典奉送一把瑞士军刀，随刀奉送一块磨刀砖，随砖奉送……总之是物超所值。

　　偷窥版：听说月亮上有嫦娥，可是你见过吗？我们会随饼赠送一架据说是由西域传入的望远镜，又据说可以在中秋月圆之夜看到嫦娥起舞……

　　NB版：我们赠送一张刮刮卡，刮开显示"您中奖了"字样，即可来我店兑换纹银一千两。（该版售价纹银一千零八两，中奖率百分之百）绝对是您馈赠亲友的最佳选择！

　　不可思议版：我们会赠送一乘进口四缸大轿……您可以乘着轿子将月饼送至对方家里，然后打的回家。

　　追星版：购买该版的顾客可以获赠大宋皇家翰林院主办的"同一阕词中秋晚会"入场券，届时有多位明星到场，多买多赠，千万不要错过。

　　还珠版：不！您千万别想到还珠格格！现在可是大宋的天下，不须说格格。还珠版的月饼盒是用金丝楠木镶金制造的，非常名贵，有珍藏保值功能。

　　美容版：随饼奉送"排毒养颜胶囊"，各位当家的一定要踊跃购买啊！别犹豫啦。

　　好啦，将这张广告传给二十位好友，不在家的也算，您的头将自动变成金色！已经有朋友试过了，非常灵。

零分之约

曾经，我是一个让老师感到头疼的孩子，每次考试都是"C"。我热爱赛车运动，不爱学习，我的梦想是当一名迈克尔·舒马赫那样的世界一流赛车手。

幽默乐翻天

军训的最后一天，教官好奇地看着一位中学生将一块新肥皂按在墙上来回摩擦，他忍不住问为什么。

"如果我不擦掉一部分，"学生回答，"我妈妈会知道我这个礼拜又没洗澡。"

直到卡尔森小姐来了之后，这一切才发生了改变。

第一天上课，她意味深长地对我说："你就是整天梦想当个赛车手，却不爱学习的斯蒂文弗吗？"

"是的。"我感觉这是对一个十三岁少年尊严的莫大侮辱，我富有挑衅地说，"舒马赫是我的偶像，他曾经考过零分呢。"卡尔森小姐突然爽朗地笑了起来："他考了零分当了赛车手，而你从来没有考过零分啊!"

她竟然笑话我!我几乎要成为一头咆哮的小牛,可她的温柔目光控制住了我心头的怒火。我从喉咙里发出低沉的声音:"哼,下次我就考零分给你看看!"

"好啊,你要是考了零分,那么在班级里你一切自便;可你一天没有考到零分,就要服从我!"

我吐了吐舌头,因为我感觉自己遇到了一个天底下最最可爱又最最愚蠢的老师。

"不过,试卷必须答完,不能一字不填就交卷,更不能离场脱逃。"

我不假思索地答道:"没有任何问题!"

很快便迎来了考试。发下试卷后,我开始答前面的简单题,我知道答案,却故意答错。可试题的难度不断增加,我并不知道哪个是正确答案,所以答题时着实让我犯了难……没办法,最后我只得硬着头皮乱蒙一通。我第一次感觉,考零分竟然跟考满分一样难!

试卷结果出来了,又是"C"。卡尔森小姐狡黠地提醒道:"你必须听从我的指挥和安排。现在,我要求你,早一天考零分!"

我一次次向零分冲刺。我发奋学习,竟然发现自己有把握做错的题越来越多。终于,一年后,我成功地考到了第一个零分!

卡尔森小姐把试卷发下来后,大声地宣布:"斯蒂文弗,祝贺你,终于考到了零分!"全班响起了热烈的祝福的掌声!我感到羞愧难当。

"好了,你终于凭着自己掌握的知识考到了零分,你可以在班级内做你任何想做的事情了。"卡尔森小姐走过来,抚着我的头温和地说。

泪水突然涌出我的眼眶,哽咽了许久,我终于脱口而出:"谢谢您,老师,在我没有成为世界一流赛车手之前,我想成为一名出色的中学生……"

"斯蒂文弗,在我心目中,一个凭着实力考了零分的学生跟考了"A"的学生是一样出色的!我为你感到骄傲!"

校园小记者多多的 采访手记

不是每个孩子都是天才,但每个孩子的心中都有一扇门,老师要用智慧去寻找打开这扇门的钥匙,而这智慧源自爱心。

丢失的成绩单

胖丫丫是五(8)班的语文课代表,舒老师的宠儿。

也难怪,胖丫丫语文成绩好,应付考试轻松自如,无论多么刁钻的考题,她总能引经据典地轻松解答,而且她的文学功底比我们都扎实,还能写散文、诗歌、童话,每一篇大作都会让老师和同学眼前一亮。不仅如此,除体育之外,胖丫丫的每一门功课都名列前茅。因此,老师经常比喻她是"一面不倒的红旗"。

胖丫丫的名字叫胡依依,

取自"昔我往矣,杨柳依依。今我来思,雨雪霏霏。"多么诗情画意啊!可是,由于她长得胖,且十分天真可爱,就像矿泉水一样——简简单单、纯纯净净。于是,便得了一个好听的绰号——胖丫丫。

舒老师对胖丫丫,是那种发自心底的喜欢,所以,就把"语文课代表"这个光荣的职务交给了胖丫丫。

其实,语文课代表的任务很简单,

幽默乐翻天

初中班上一男生喜欢听随身听,上数学课的时候也在偷偷地听。一不留神跟着唱了起来,谁知道声音太大了:"给我一杯忘情水,换我一夜不伤悲。"

老师大声吼道:"谁唱的?"

同学们一起回答:"刘德华!"

老师愤怒地说:"刘德华,放学留下写检查。"

无非就是登记同学们每次考试的成绩、收发语文作业以及对同学们背书的情况进行检查。因此,胖丫丫掌控着"语文我行我秀排行榜"的名单。

这天,胖丫丫把那三张重要的名单弄丢了!要知道,同学们将近半个学期的语文学习成绩全都记载在那三张名单上呀!胖丫丫疯狂地翻遍了书包的每一个角落，终究还是没能找到。她满面愁云，如此重要的"文件"丢失了，老师一定会大发雷霆的。胖丫丫左思量、右思量，心里害怕极了，觉得舒老师肯定不会原谅自己的错误。

胖丫丫在懊悔和担忧的煎熬之下，忐忑不安地叩响了舒老师办公室的门。

"什么事？"看到胖丫丫走进来，舒老师问道。

"舒……舒老师，我……我把那……那三张名……名单给……给弄丢了。"胖丫丫说话很不流畅，舌头好像打了结。

舒老师听了这话，真是又好气又好笑，本想好好地教训她一顿，但是当她看到胖丫丫那懊悔万分、闷闷不乐的模样时，心就一下子软了。

她安慰丫丫说："胡依依，要记住这次的教训哟，以后可不能再丢三落四了。"

胖丫丫傻傻地站在老师面前，不知应该说什么好。

舒老师微笑着说："下节是语文课，走，咱们一道去教室！"

同学们远远地看见舒老师的身影，乱哄哄的教室里，立刻安静了下来。

"同学们，我要告诉大家一件事，"舒老师站在讲台上，平静地说，"由于

胡依依同学的失误，三张记载着同学们成绩的名单找不到了。所以，我希望同学们就把今天当成一个新的开始。从今天起，以前的成绩统统不存在，这是一个良好的开端，我希望同学们能够用更好的成绩回报老师、家长。"

同学们兴奋地互相讨论着，没有人责备胖丫丫的失误——是啊，谁不希望自己的成绩能更上一层楼呢？

胖丫丫长长地吁了一口气。太意外了，她的过失居然没有遭到大家的责备！如果可以的话，这一天倒可以定为一年一度的"胖丫丫幸运日"。

在这个时刻，胖丫丫发现，这个世界是那么妙不可言，就像温暖的阳光照在人的身上，柔柔的、暖暖的……

校园小记者多多的 采访手记

多一些宽容就少一些隔膜，多一份宽容就多一份友爱。用宽容的心境与人相处，就会创造一个和谐的环境。

1.去年暑假，冠云与家人旅行，回来之后冲洗照片，赫然发现一张不可能拍到的灵异照片，这张照片的景象应该是：

A.四面荷花三面柳　　B.绿树村边合

C.古道西风瘦马　　　D.三更画舫穿藕花

答：D，因为其他的都是正常现象。

2.平时喜欢阅读课外读物的毓珊，在《中国历代女作家》这本书里，找不到哪位作家的相关作品？

A.李清照　　B.刘侠　　C.潘希珍　　D.彭端淑

答：D，其他应该都是女的。

3.寒假期间，老师要每位同学选一本小说阅读，开学后上台发表读书心得。请问下列哪一位同学的报告，不但让一旁的老师听了摇头，还引起全班同学哄堂大笑？

A.威廷：《论语》读后感　　　B.钦雅：《三国演义》读后感

C.国伟：《老人与海》读后感　D.祖昂：《世说新语》读后感

答：A，能把《论语》当小说读的学生，应该向他膜拜，而不是摇头。

4.为了自然课报告的需要，婉容上鸟类百科大全网站搜寻数据。请问她所打的四组关键词中，哪一个是查询不到内容的？

A.鸿鹄　　B.鸿儒　　C.鸥枭　　D.昏鸦

答：B，虽然大学者有时也会高傲的，但那并不代表大学者就是鸟。

5.苏轼与好友张怀民夜游承天寺，请问他们不可能看到什么景象？

A.小斋幽敞明朱曦　　　B.提灯的萤火虫

C.在松针稀疏处闪烁的小镇灯火　D.慈乌夜啼

答：A，曦者日光也。

6.在下列四个晋宏所做的动作里，哪一个"打"没有"拍"的意思？

A.打球　　B.打寒噤　　C.打人　　D.打蚊子

答：B，虽然有时候A、B、C也不用拍。

7.冠廷发现，当做下列哪个动作时，左手和右手并不会交迭相碰？

A."攀"上月台　　　B.为子"祈祷"

C."抚掌"而笑　　　D."揖"让而升

答：A，这不用解释了吧！

8.下列哪个人的行为并没有违反交通规则?

A.横穿高速公路　　　　B.朱自清的父亲穿越火车铁轨

C.小明的爸爸酒后驾车　D.徐志摩骑自行车追逐夕阳

答: D, 但如果他在高速公路骑就违反交通规则了。

9.为了更加了解小令、中调、长调在字数上的相关规定, 佳燕依照语文老师的推荐, 到图书馆借阅《草堂诗余》这本书来当参考。请问佳燕应该往哪一类的书架上去找, 才能找到这本书?

A.近体诗　B.词　C.曲　D.新诗

答: 应该是B。

10.慧禅创作了一首五言绝句投到《东峰青年》, 已知稿费是以每字五元来计算(不含标题、标点符号和笔名), 请问慧禅一共可以获得多少稿费?

A.100元　　B.140元　　C.200元　　D.280元

答: A, 因5x4x5=100。

11.已通过芙蓉二中入学申请的信廷决定, 上高中后一定要加入学校最热门的国乐社。请问他在社团里, 可以学到哪一种乐器的演奏技巧?

A.胡琴　　B.钢琴　　C.小提琴　　D.风琴

答: A, 认为B、C、D是国乐的请举手, 教室后面有墙壁, 手放后自己去撞。

12.当贺毅写语文作业时, 因为懒得翻课本, 就直接拿有德的本子来抄。在糊里糊涂照抄的情况下, 请问下列哪一句话抄错了?

A.梁启超, 字卓如, 号任公　　B.别号冰果室主人

C.曾参与戊戌变法　　　　　　D.是近代著名的政治家与学者

答: B, 有人念到大学了还会把 "饮冰室" 记成 "冰果室", 所以不怪贺毅。

13.下列哪一组服饰和配件, 最有可能是古代 "女子" 的打扮?

A.玄端章甫　　B.羽扇纶巾　　C.拖鞋汗衫　　D.云鬓花黄

答: D, A是祭典礼服, B是诸葛亮专用, C是邋遢男专用。

让老师哭笑不得的考卷

疯狂请客

马上就要期中测试了，每个班级都在抓紧时间复习，都想在年级中争第一。其他班级不浪费一点时间，连下课10分钟都要利用起来，仿佛一放松，时间就会消失。唯独"五只眼"不慌也不忙，不紧也不慢地给我们复习着。照目前来看，好像拿第一是没希望了。

很快，考试了。

考场很安静，手表秒针的滴答声都能听得一清二楚。教室里满是笔和纸亲密接触发出的"刷刷"声，就像蚕吃桑叶般沙沙作响。

我们觉得，考题很简单，这多亏"五只眼"平时对我们的训练。一不小心，冠军的奖杯就落到了我们班。

69颗心浸泡在欢天喜地的海洋之中，"五只眼"的心里更是比喝了一罐蜂蜜还要甜。真想疯狂乱舞一天！

这个分数确实挺耀眼，又是一个新的突破呀！人均分数92分！别班的同学惊讶了，年级的老师们也惊讶了，我们班的同学更感到史无前例的惊讶！

那天中午，"五只眼"走进KFC（肯德基），买了68对鸡翅，开始了疯狂请客。

怎么样，够酷吧，"哥儿们"挺讲义气的。同学们收到这份特殊的礼物时，脸上都笑成一朵花啦！有的干脆拿起来就啃，满嘴油腻腻的，在阳光的照射下亮闪着迷人的光泽。

唉，"五只眼"这次的谢礼太重了，不知下次又是什么厚礼。

可是，"五只眼"的脸变化得可真快，就像六月的天，现在又变得愁眉苦脸的，不知又想起了什么伤心事。

我听着"五只眼"小声嘀咕着："后悔啊，你们吃了我一个月的工资呀！唉，一个月的工资付诸东流了呀，唉哟！心疼死了！唉哟哟……"

现在才后悔哪！世上没有后悔药卖！做事三思而后行呀！

校园小记者多多的 采访手记

教学有方而又待人真诚、大方，能与学生打成一片，这样的老师谁不喜欢！

虚惊一场

今天要考试，昨天我彻夜长读，把法则背得滚瓜烂熟。

早读课上，全班都表现出从未有过的认真，仿佛是在迎接高考。

"这样临时抱佛脚有用吗？"同桌对我们的做法一脸不屑，懒洋洋地说。

我才不理他，像他这种人，考不考试都一样，总之分数也不会高到哪儿去。

紧张的时刻终于来临。上课铃声结束时，我们还抱着书想最后看一眼，仿佛试卷上的答案一字不差地写在了书上。

如果这情景被老师看到，一定会夸赞我们的。

小葛老师几乎是一路小跑过来的，见他手中没有试卷，我们长舒一口气。我心里想：难道情报有误？

讲了一节课，小葛老师踏着铃声走出教室。

难道是中午考？

中午，火辣辣的太阳照进教室，奇怪了，还没到盛夏，怎么这么热？可是，半天过去了，考试卷还是没发到我们手中。

放学时，小葛老师说："原本今天考试，可是又要开校会，下午又要作文测验，也没办法进行考试了！"

呵，这可是件令人高兴的事，晚上还可以再抱一抱"佛脚"。全班同学都欢呼起来，为暂不考试而高兴。

我们兴奋得一塌糊涂时，小葛老师只是静静地看着我们闹。最后，他高深莫测地吐出一句话："明天考试！今晚好好复习！"

大家怔了一下，半天才倒在椅子上。其实每个人都知道会是这个结果，但是当这句话从小葛老师的嘴里不紧不慢地溜出来时，我们还是感到相当震撼。

其实我们更希望从小葛老师嘴里溜出这两个字——不考！

校园小记者多多的 采访手记

可能大多数学生都不希望考试，但考试可能避免吗？既然不能，与其临时抱佛脚，何不平时多努力！

对面的灯光

那年，他正上高三，复习进入高考前的白热化阶段，不知道怎么回事，他应考的激情却荡然无存。

难道真的是班上唯一的竞争对手刚转学回老家的缘故吗？

父亲看到他这个样子，忧心忡忡。在这个节骨眼上，父亲怎么忍心看儿子如此崩溃？一向奋发苦读的儿子难道真的无法度过高考这一劫？父亲很早就知道，

他这个人一旦缺少学习的竞争对手，学习是没有激情的，就像没有风吹过的湖面，泛不起任何涟漪。

在他还很幼稚的心中，战胜对手的欲望才是他挑灯苦读的唯一理由。

那天，父亲兴致勃勃地对他说，他们对面那栋废旧的大楼里刚住进来了一个女孩，听说也是今年参加高考，她以前在外地借读，现在回来准备参加高考了。父亲还说："她现在在市区另外一所中学就读，听说她以前学习在班里也是数一数二的，今年的高考目标和你一样，是复旦。"

听父亲这样一说，他疲软的心绪犹如寒冬过后的劲草，东风一吹就恢复了生机与活力。

不过，一脸憔悴的父亲也忧伤地告诉他："孩子，真对不起，临近你高

考了，单位却安排我上夜班。"

以前，每天晚上学习累了的时候，他总习惯抬头凝视窗外，可窗外迎接他的只是一片漆黑，他的思绪也如夕阳下的归鸟，卷怠扑面而来。现在的每天晚上，对面的灯光透过窗帘，笔直地朝他射来，是一种柔和的灯光，更是一种无声的挑战。不管有多疲倦，只要对面的灯光不息，他都会重新坐下来，继续拿起书本。

每天默默地注视着对面的灯光，他不停地猜想她的模样，是高还是矮？是胖还是瘦？……但对面的窗户始终紧闭，回答他的依然是射过来的灯光，厚重的窗帘斩断了他一切窥视的欲望。

或许是上夜班的缘故吧。每天父亲回来后总是哈欠连连，但在布满血丝的双眼深处，总透出一种难以抑制的亢奋。父亲也似乎比他更关切她，时不时给他谈起对面的她读书的情况。父亲说她很刻苦，每天晚上要到深夜12点才休息，每天早上5点半就会起来看书。当然这个他比父亲更清楚，对面的灯光的确都是每天12点准时熄灭，清晨5点半准时亮起来，天天都是如此，周末也不例外。

夏天是短暂的，炎热也总会过去，

在炎热的夏季里，他终于趟过了高考这条人生的大河。可他对她的关切却有如酷夏的热烈。他毅然决定在考完之后，一定要见见这个对手的庐山真面目。

他选择了一个阳光灿烂的午后，爬上这栋期待已久的大楼。他站在她的房间门口，霎时，一个熟悉的、伴随过他18年的酣睡声，从门缝窗缝里传来，像闷雷般颤响。不知什么时候，他发现自己的眼里下起了夏季才有的滂沱大雨。

校园小记者多多的 采访手记

有一个强劲的对手是一种幸运。因为他会给予我们勇气，激发我们以更加旺盛的精神去奋斗。

印度孟买一所大学第二天要举行重要的考试，但有4个学生没有像其他同学一样紧张地准备考试，而是跑到外边狂欢直至深夜。第二天早上，怕考试不及格的他们冥思苦想，终于想出了一个应对的办法。他们先是用油污和泥巴涂抹全身，把自己弄得浑身脏兮兮的。然后他们找到校长，皱着眉头说，昨天晚上参加了一个朋友的婚礼，在回来的路上汽车突然爆胎了，而车上又恰好没有备用的轮胎。为了参加这次重要的考试，他们硬是推着汽车，在泥泞不堪的路上艰难跋涉了一夜才终于赶了回来，

特殊试卷

但现在他们已经是筋疲力尽了，恐怕会影响考试的发挥。

校长让他们先回去休息，3天之后再来参加考试。4个学生非常高兴，感谢校长又给了他们一次机会，并表示肯定会好好准备的。3天之后，校长让4个学生分别在4个房间里考试。4个学生胸有成竹，因为在过去的3天里，他们对考试做了充分的准备。可试卷发下来后，4个人却愣住了。试卷只有两道题，也非常简单，满分为100分。问题一就是填写好姓名，这一题占2分；问题二就是3天前爆胎的汽车是哪个轮胎出了问题？其中，答案有四个选项可供选择：A. 左前方的轮胎；B. 右前方的轮胎；C. 左后方的轮胎；D. 右后方的轮胎，这一题占98分。

校园小记者多多的 采访手记

撒谎的后果，可能会一时得逞，但是最后却要付出更多的代价。生命不可能从谎言中开出灿烂的鲜花。

内容简介:

《真希望我二十几岁就知道的事》

作者: [美]蒂娜·齐莉格

　　蒂娜教授17岁的儿子即将进入大学,她意识到自己没能教给儿子足够的知识和技巧融入这个社会,取得成功,所以她回忆了自己二十几岁时想了解的事情——那些可以避免弯路和失败的宝贵经验。她从念神经科学的学生,到管理咨询行业的先锋,再到斯坦福管理风险投资和创业项目的主管,职业经历丰富,有非常多可以分享和教授的精彩内容。

　　她写出了自己半生的职业实践和开展励志课程积累的经验,列出清单,举出大量的"创造性思维"的实例,给了自己的孩子一堂含金量最高的课:创意决定人生,突破规则,才能在千万人中脱颖而出!

编辑推荐:

　　这是一本写给未来50年社会精英的人生创意书!这是美国教育部+联合国教科文组织+西点军校+百名硅谷创业家+香港青年协会联合推荐的人生创意教科书!在你二十几岁的时候两手空空,怎么样开启人生?人生是最大的开卷考试,怎么答最精彩?所谓成功的人,使他们成功的那个最开始的念头是哪里来的?即使知道要打破有形规则,突破无形瓶颈——你要怎么脱颖而出?私人飞机,暂时可以没有——私人强力马达,这个应该可以有!在一切还来得及的时候,按照心意、挖掘创意,制造人生的大意义!有想法,才有活法;有思路,才有出路!

你永远是第一

期中考试成绩下来了。"苏文天，年级第二名。"当班主任念到这时，全班同学都用惊讶的目光看着我。

我也傻了，从初一到初二，哪一次不是我年级第一，可初三第一次年级统考，我怎么就第二名了？第一名是隔壁三班的李铭强，刚从外地来的转校生。我暗暗发誓：期末考试我一定要考年级第一。我发了疯似的看书、做习题……

"苏文天啊，你看看人家李铭强，不仅学习成绩好，体育成绩也是顶呱呱的，听说人家报了全市长跑比赛。"我一咬牙，也报了全市的长跑比赛。比赛那天，李铭强跑在我前方约200米的位置，看起来很轻松。我暗暗使劲，慢慢地和李铭强拉近距离。眼看就要追上他了，李铭强突然跑到另一个跑道上去了。"跑错道了，快回去！"很多人对李铭强大喊，李铭强依旧错道错跑。我快速向终点冲去……我居然跑出了全市第二名的好成绩。但我知道我输给了李铭强。

还有期末考试呢，我一定要赢！我突然觉得李铭强是一个很好的竞争对手。但眼看期末考试就要到了，李铭强却又转学了。

一个同学拿来一封李铭强写给我的信：

苏文天，走之前突然有些话想跟你说。我知道我的到来可能给你带来了一些麻烦，我夺了你一直保持的年级第一。我也知道你后来更用功了，想在期末考试再把第一夺回去，但是很抱歉，因为爸爸工作调动，我走了，不给你比试的机会。呵呵！

现在说正经的，我觉得你太用功了。你为什么不跟大家一起去操场上活动活动呢？虽然学习是我们现在的主要任务，但那不是生活的全部。

对了，那天是我故意跑错道，我可不是故意让你哦。因为当时我看见有人在追小偷，就忍不住想当英雄。小偷最后被逮到了，但不是我抓的，所以英雄没当成。不过，要不是我追小偷，你可是输给了我。我可随时会回来找你的，我也要赢回我的第二。

我呆了好长时间，默默地说："李铭强，我等着你回来赢我。在我心中，你永远是第一！"

校园小记者多多的 采访手记

我们要重视对手，因为他能使我们发现不足；我们要感谢对手，因为他能使我们发奋图强。

第五章
假期
乐翻天

等待录取通知书的那个夏天

那是我人生中最漫长的一个夏天。

我的高考成绩不理想，仅高出本科录取线三分。如果命运垂青我，我会走进大学校门，而一旦稍有闪失，我就会名落孙山。

我的忐忑在逼人的暑热里不断发酵、膨胀，我开始失眠。接着，我的饭量迅速减少，一点胃口也没有。不久，我就瘦得皮包骨头了。

父亲长年在外，有一天，他突然出现在我的面前，"陪爸爸到乡下转转吧！"父亲说。

我不大情愿，但又不愿让父亲失望。我们骑着车穿过郊区，一直到了县城。父亲似乎有用不完的力气，一直在我前面。后来，我们到了一条河边。说是河，水却枯了，裸露的河床是一片开阔的沙滩。对岸的一片树林蓊蓊郁郁的。父亲说："咱们到那儿乘凉。"沙子被日头烤得炭一样烫，我脚刚踏上去，就被烫得跳起来。

我叹着气，下意识地调转车头。

父亲说："都大男子汉了，还那么娇气！"说着，自顾自地在前边深一脚浅一脚地走，虽吃力，却沉稳。我无奈，只得跟随。脚上的感觉渐渐只剩下了热，后来连热也没有了，只有麻木。半个小时后，父亲上了岸，我还有段距离，我不得不钦佩父亲。父亲向我招手，给我加油。我也上岸了，霎时，我有点想哭。

树林里的确是个好地方，阴凉且有风，把疲惫一点点地舔了去。坐下来伸出双脚，才知父亲和我都有了轻微的灼伤。父亲说这算个什么呀，他小时候天天就这样光脚跑，一点事没有。但是他还是从附近招了一些草，揉碎了敷在我的脚上。过了会儿，父亲变戏法似的从沙子里扒出一个花生来，这是农民收割时遗留下的，父亲说这么大的沙滩，再翻找一遍至少能装满一个麻袋。父亲剥开花生，拿出粉白的仁，轻轻一嚼，由于沙子的烘烤，这花生竟格外地香甜。

我们捡了截树枝，不停

地在沙土里翻捡着，果真找到了不少花生，品尝了一顿天然的美味。

父亲说："现在感觉怎样？"

我笑了。很久没有这么轻松地笑了。

父亲说："再难的事，一咬牙，也就挺过来了。"

休息了一阵后，父亲还未尽兴。我们骑上车，又起程了。

这次，我们进了一片农民收摘后的果林。父亲说："这树上肯定还有果子，你能给爸爸摘一个解解渴吗？"我点点头。我很快发现了一个果子，但长得很高。我爬到了粗大的树杈上，再爬，树枝越来越细，心里越来越虚。我不能再爬了，但我多想把果子摘下来，这时，父亲在下边叫我："下来吃果子了。"我循声望去，父亲的手里竟托着好几个果子！我爬下树，心灰又自惭。父亲拍拍我的头，"长果子的树不止一棵啊，总有适合你摘的，人活着，怎么能在一棵树上吊死呢？"我默然无语。

校园小记者多多的**采访手记**

生活中的困扰与重压会接踵而至，人要在尘世学会坦然面对，只有这样才能最终走出困境，得到身体与精神的解放。

第二天，父亲走了，我的心情好了些。我开始冷静地想一些事情，比如落榜后的路该怎么走，未被理想的院校录取该怎么办。我有了思路，心中渐渐踏实了。

一段日子后，父亲又回来了。父亲拎着网，说："咱们去河里捉鱼吧！"父亲过去捉鱼捉得上瘾，只是这些年调往异地，少有闲暇，很少下河了。

我们沿着过去经常捉鱼的河岸走着，该下网了，可父亲不下。父亲说："走，往上游走。"这是我极熟悉的一条河，却又是我极陌生的一条河。人工的防护堤没了，花坛和草坪没了，代之以古朴的桑树、老槐，一人高的藤草，和愈来愈分不清路的小径。一股沟汊、两股沟汊……蜿蜒着，交汇起来。水清得像空气一样透明，螃蟹在临水的洞口和水中的石块上悠然地爬行……

我有些沉醉了。

父亲说："多走几里路，不一样了吧？"

我使劲儿点点头。忽然，父亲笑着从口袋里掏出一封信，递给我。

我接过来，意外的惊喜让我一下子手足无措：我被第一志愿录取了，幸运之神站在了我的身边！

父亲说："祝贺你，孩子！以后，还要走得再远一些，像这河，追求无止境啊。"

爆笑图片·

绵羊

我的天呀

求你了，别进去

轮胎汽车

为了生存，我不得不铤而走险

你会微笑么

平沙落雁

妈呀，我一定不是你亲生的

如果这手套在我脚上

让我仔细瞅瞅

诚实更重要

读大三时，我谋了一份家教的生计，辅导一个叫乐乐的6岁小女孩学习英语。小女孩的母亲是大学讲师，我们约定每周下午3—5点我为乐乐辅导两个小时，每小时4元钱，时间为一年。

一个周六的下午，我午觉睡过头了，4点多我才匆匆赶到女讲师家。到了她家我发现只有乐乐一个人在家，我问乐乐："下午只有你一个人在家吗？妈妈呢？"小女孩看到我来很高兴，甜甜地说："老师下午好，我妈妈出去了，下午只有我自己在家。"我们开始了学习。5点的时候女讲师回来了，她很友好地向我打招呼并随意地问我几点钟来的。"3点，当然是3点。是吧，乐乐？"我不想给人留下一个不守时的印象，再说我已经和她们母女俩处得很熟了，我拍了拍小女孩的头不经意地说。小女孩很懂事地点了点头向她妈妈说："是3点，家教老师来时刚好3点。"

晚饭的时候女讲师很客气地邀我一起吃。晚餐很丰盛，我们其乐融融地谈得很亲切，有一种家的温暖。可饭后女讲师却对我说："小贺，有点事想和你商量，我想……中止你对乐乐的辅导。"她说着递给我一个信封，里面装着我四个多月的工资。"为什么？是我教得不好吗？"我很诧异地问。"不是，你教得很好，你是一个难得的好老师。乐乐对英语的兴趣和口语提高得很快，真的。很感谢你。这样决定，我很遗憾，但是……你撒了谎，我4：10分才出去，那时候你还没来……"女讲师认真地说。

不就是四五块钱吗？竟没看出她这样一个有知识有身份的人会这么斤斤计较，我这样想，便说："你少给几块钱就是了，没关系的。"

"你误解了我的意思。不是钱的问题，而是诚实的问题，你见到了，你撒谎时乐乐也跟着撒了谎，这很可怕。诚实比能力更重要，我这样想……"

校园小记者多多的 采访手记

"人而无信，不知其可也。"你必须以诚待人，才能成功。诚实比一切智谋更好，而且它是智谋的基本条件。

火眼金睛

暑假班的一天，胡扬天因来不及吃早饭，把早饭放到桌板下。上课时，捧着他那宝贝早饭吧嗒吧嗒地吃着，香喷喷的气味吸引了我的注意力，尽管肚子刚刚被塞得满满的，但还是习惯性地咽了几口唾沫。

王老师用他的"火眼金睛"审视着四周，也许是嗅到什么气味吧？

可是道高一尺，魔高一丈，胡扬天用书本遮在早饭的前面，让老师看不清"虚实"。王老师扫视了教室一遍又一遍，猎狗般地翕动着鼻子，希望能够追寻到这气味的源头。

我想，只要老师喊一声："谁在吃东西？"班里就会"呼啦啦"举起一大片手举报胡扬天，可王老师就是不问，非得亲自出马，让"不法之徒"心服口服。

当王老师转身面向黑板时，胡扬天又津津有味地吃起来。老师一转过身来，他就迅速用书本遮住嘴巴，身体坐得笔直，好像没事似的。老师再转过去时，他又故伎重演。

姜还是老的辣，王老师用眼睛的余光瞟见胡扬天脑袋一上一下的夸张动作，于是高喊一声："请胡扬天同学说一下，作家为什么喜欢'老虎脚下爪'？"

胡扬天一边看着四周一边慢慢站起来，嘴里的东西因为来不及咽下，把两腮撑得鼓鼓的，两只眼睛也因极度惊慌而突起，那怪样子差点没让我们笑爆肚子。他想动动嘴，却又不敢动，想咽下嘴里的东西，却又不敢咽，就这么尴尬地站着。

"说呀！"

"因为'老虎脚下爪'好吃……"胡扬天的嘴唇扭动了几下，含糊不清地说道。全班又是一阵大笑，这时的胡扬天当然是无地自容了。

在王老师"火眼金睛"的"监视"下，我们在课堂上的表现越来越好了。

校园小记者多多的 采访手记

若要人不知，除非己莫为。心怀侥幸，最终会露出马脚，自食其果。责己以严，完善自己，哪会有尴尬？

最好的评价

大学二年级的暑假里，我在家乡的报社当记者。我把这看作是走向"文人"的第一步。当时，我对文学的含义很模糊，只是确信这与老练大有关系，我对老练的理解也同样不明确，然而我深信

这个答案可以从我们报纸的编辑那儿找到。

他是个很有才气的诗人，他的诗作发表在很有影响的杂志上，他还经常写些幽默诙谐的讽刺性评论文章。我希望

幽默乐翻天

话说某次考试，有一道3分题，题目是：请你用"既然……又……那么……"造句。

我们班有个平时成绩很一般的同学就这么造了个：

"既然你诚心诚意地问了，我又没有理由不告诉你，那么请给我3分吧。"

当试卷发下来的时候，这道题他还是拿了0分。

不过下面多了一行字：既然你勇于向我挑战，又说得那么赤裸，那么我就偏不给你3分。

自己也能有他那样的洞察力。

那年夏天来了一个剧团，报社采访了新剧院的经理，据说演员们正在排练四个经改编的剧目，难度很高。"这些孩子们要想成功可不轻松啊！"他不无忧虑地说。

有时，我和编辑驾车前去看排练。当我们懒散地在后排座位落座后，他不时发表一些逗人发笑的评论。因为演员们的演技仍不娴熟，这一切在我看来倒挺好玩的。

离开富有魅力的剧院，再去干我的正事，我的任务是撰写故事。作为一个初露头角的文学工作者，我巴望能尽力搜集到有趣味和吸引人的素材，写出能博得编辑赞赏的东西来。但我的家乡没有一伙风流倜傥

的人物可供报道，只有一群勤勤恳恳靠干苦力来付房租、买杂货的人。当然，我们现在有了这个新建的剧院。

尽管报社已有一个专栏记者负责评论戏剧，但我还是决定去观看首场公演，写一篇评论让编辑瞧瞧。如果我的文章有足够的韵味和棱角，他会刊用的。其实，我只需要得到他的赞赏就心满意足了。

首场公演时，剧院里几乎座无虚席，我听到身旁的观众称赞这个剧团有魄力，在建剧院的同时，一下排出了四个戏。

我向我们报纸的专栏评论员挥手致意，她是个高挑个儿、待人亲切的寡妇。我断定她写的评论是捧场之作，而我却要让我的评论里充满讽刺与幽默的句子。

大多数演员只比我十九岁的年龄稍大一点。我看出那个漂亮的黑发女主角对今晚的演出极度紧张不安，当她结结巴巴地说出第一句台词时，我真替她难过。我想，编辑也一定会发现这个兴趣点，所以，我记了下来。

我还记下了男主角登场时，上错了台。他灵活地即兴插入几句台词，使身陷窘境的其他演员镇定下来。但我没有记录这一点，因为这与我文章的原意相悖。

散场回家时，我碰见了专栏评论员，她兴奋地夸赞："他们的演出真是太妙了！是吗？"

"演员们也精力充沛。"我漫不经

心地附和着，心里却在寻思那些尖锐辛辣的词句。

那夜我开夜车把文章弄了出来，并精心修改润色。第二天，专栏评论员的文章发表了，如我所预料的，她对每个演员的表演都有溢美之词。终于，我将我的稿子交上去了。

从我的座位上，我看到编辑将稿子浏览了一遍，咧咧嘴笑了。他坐回椅子上，把脚跷到书桌上，又聚精会神地看起来，接着爆发出一阵大笑，而后，又是一阵更加剧烈的开怀大笑。我激动得脸上发烧，几乎眩晕了。

"很有味道，笔锋犀利，"编辑对我说，"这篇评论我也要用！"

第二天，当文章刊登后，我从头至尾一口气读了五遍，心中荡漾着成功的喜悦。我好似看到我的面前已铺出一条通向评论家的锦绣坦途。

在欣喜若狂之时，我在一家小商品杂货店门口遇到了剧院经理，在自我陶醉中我问他："你看我的评论怎样？"

我那时正年轻，不自量力，而且正沉湎于赞扬声中。我心想，他一定会对我的评论文章感兴趣。然而剧院经理的话虽平平淡淡，却如标枪一样击中了我，他说："你的文章伤害了很多人。"

我自鸣得意的气球猝然破碎了。我仅仅是为了博得褒奖，就把演员们对于我那苛刻的文章所产生的感情丢在了一边。我立在大街上，感到有点恶心。我强打精神准备应付他的怒火，然而，他却温和地说："你的文章写得不错。但你要知道，做什么事情都不容易，生活也是如此。一个聪明和老练的人，应该帮助人们来

达到一种完美的境地，而不是使用你的才干去行诋毁之事。"

这是二十五年前的一件事了。每当我产生一种强烈地要批评某人能力的怒火时，就仿佛看到了那位剧院经理，我也想起了那位专栏评论员的文章，温和委婉地指出不足之处，强调其成绩，热情鼓励演员们努力向日臻完美的目标发展。也许，那个亲切的寡妇才是个真正老练的人。

不久以前，有个人在街头拦住了我。"我和许多朋友都常读您的作品，大家很欣赏您那积极的态度——您似乎从来不打击人。"他笑着说，"我敢说，这是您所得到的最佳评价。"

我又一次想起了那位剧院经理，便向这位恭贺我的人说："您不知道我多么感谢您的话，因为您的话实际上仅次于最好的评价。"

校园小记者多多的 采访手记

鼓励是风，带来和煦的云；鼓励是云，带来清凉的雨；鼓励是雨，滋润稚嫩的绿苗。学会用赞赏的眼光看人，才是真正的聪明。

小·机灵多多 的爆笑生活

英文名字: Nana
国家或地区: 中国
出生日期: 1981年5月6日
职业: 主持人、歌手、演员
毕业院校: 四川师范大学电影电视学院表演系
身高: 165厘米
星座: 金牛座

　　女主持人，演员，歌手。因与何炅、李维嘉等人共同主持湖南卫视大型娱乐综艺节目《快乐大本营》(该节目多年来屡创全国收视第一)而成名。以幽默诙谐的搞笑风格而著称，被誉为大陆版周星驰。2010年入围"第十四届全球华语榜中榜暨亚洲影响力大典"最佳女主持人，是2010年中国最具网络影响力的十大电视主持人之一。

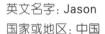

英文名字: Jason
国家或地区: 中国
出生日期: 1982年12月20日
职业: 歌手
毕业院校: 四川师范大学
星座: 射手座
身高: 180厘米
兴趣爱好: 唱歌、舞蹈、篮球、网游、各种乐器

　　著名歌手，华语歌坛新生代领军人物，偶像与实力兼具的超人气天王。2004年出道至今，已发行6张高品质唱片，唱片销量称冠内地群雄，举办过4场爆满的个人演唱会，2008年以来在各大权威音乐奖项中先后10次获得"内地最受欢迎男歌手"称号，2010年获韩国最权威的颁奖礼MAMA"亚洲之星"(Best Asian Artist)大奖，影响力触及全亚洲，是华语歌坛最闪耀的男歌手之一。2009、2010年蝉联MR音乐之声颁奖礼"内地最受欢迎男歌手"，2008、2009、2010年三度蝉联东南劲爆榜"内地最受欢迎男歌手"。

明星·小档案

恐怖假期

放学后，董宏跑到车棚，傻了，自己的车不见了！董宏赶紧到车棚的另一头寻找，没有。再跑到宣传栏、小河边、马路对面，他寻遍了附近的每一个地方，仍然没有。车被偷了！一口闷气严严实实地堵住了董宏的胸膛。

"妈，我的车被偷了。"回家后，董宏对妈妈说。从现在起我也要偷车！他又在心里补充了一句。

寒假到了，董宏就开始偷车。他先后

偷了几个人的车：给爸爸主刀的外科主任医生的车，因为他一直相信是那个医生害死爸爸的；妈妈厂里车间主任的车，因为前些日子他把妈妈列入下岗名单，愁得妈妈整天眼泪汪汪的；还有施老师崭新的女式车，因为这次的期末考试，自己不是最后一名，她却羞辱了自己！董宏把这些偷来的车统统扔进了河里。

那天他的目标是隔壁楼道里刘老头家的车。刘老头是一个自私鬼，自家的坏车一直占着小区车棚里最好的车位。

"干嘛呢？"董宏正拎着刘老头家的自行车往外退，一转身，背后站着一个陌生人。

"我已经注意你好几天了。怎么样，公了还是私了？"

董宏吓得说不出话。

"公了，我现在就送你去派出所，让所有人都知道你是一个偷车贼。私了的话，你就得听我的……"

幽默乐翻天

在我小学的时候，有次老师让大家用"有的……有的……"造句。

一般的同学都是这样造的，"在操场上，有的同学在踢球，有的同学在跳绳。"

结果老师读了一个女生的造句：有天妈妈让我去买酱油，临走的时候问我有没有零钱，我说："有的……有的……"

偷车，已不再是最初单纯的报复，而成为一件必须完成的任务，甚至还有指标。因为害怕，董宏不得不受制于那个偷车团伙。

这天，董宏回家时，看到路边车棚的栏杆上贴着一张纸，在寒风中飘扬。董宏凑近一看："请相信，我的儿子比你更需要这辆车，因为这是他爸爸生前留下的，在他的心里有着不可替代的位置。请接受一位母亲伤心的乞求，我愿意出2000元钱把这辆车赎回来。请你救救我的孩子！"底下是熟悉的名字和联系电话，原来妈妈早就发现了他的异样。

向前看去，同样的纸条在车棚的东南西北各个方位都贴了一张，它们被仔细地粘得很牢，就像妈妈坚定的心。

突然，前方有个矮小的身影磁铁一般吸住了他的目光，那身影走走停停，一边往栏杆上张贴着什么，一边警觉地打量四周的动静。是妈妈。董宏倔强的头不由自主低了下去——妈妈，我错了！

东方终于亮白的时候，董宏在妈妈的陪伴下走进了派出所，他去举报，同时也是自首。

在董宏的配合下，这个多年的偷车团伙成员被警察一一拿下。由于举报立功，董宏被免于刑事处分。同时，为了保护未成年人，警方将这一切予以保密。

董宏重新坐进了教室，抬头看见熟悉的黑板，那一瞬间，他觉得十分地珍贵。

校园小记者多多的 采访手记

董宏失去了一辆自行车，从此自暴自弃，开始偷车，但他却在亲情的召唤下寻找回对生活的信心和责任。

小机灵多多的爆笑生活

DNA不能决定一切

学校放暑假那天下午，皮皮拿到成绩单往家走，到家门口，看见一个农民叔叔领着一个跟自己差不多大的男孩，从屋里走了出来。爸爸妈妈都坐在沙发上，表情很严肃，眼睛红红的。

皮皮这次期末考试仍然没有考好，就头一低向自己的房间走去。

"皮皮，你过来。"爸爸说。

可是爸爸既没问他的成绩，也没有训他，却说："皮皮，有一件事，爸爸今天要告诉你了。"

爸爸说，12年前的一天，在城里一家医院的产房里，同时出生了两个男孩。一家在城里，一家在乡下。医院护士把孩子抱还给父母的时候出了错。现在12年过去了，乡下父母发现孩子抱错了，找到城里孩子的父母，要把孩子换回来。

皮皮很纳闷。妈妈在一旁擦着眼泪："皮皮，其中有一个就是你呀！"

皮皮忽然伤心地哭了："这不是真的！我不去乡下！不去！"

爸爸说："不是爸妈非得把你送到乡下去。是那个叔叔，认定你是他的孩子。"

皮皮扑进妈妈的怀里，也哭了。哭着哭着，皮皮突然想起什么似的，把眼泪一擦，说："妈妈，别怕，做亲子鉴定！是真是假，一查DNA就知道了！"

这一天，爸爸把鉴定结果告诉了他，皮皮不是他们的孩子。

乡下的家和城里的家差别太大了，皮皮对什么都不习惯。天一亮，他就得起床去放鸭，吃过早饭，爸爸妈妈到田里去劳动，也要皮皮跟着打下手。吃过晚饭不一会儿，爸爸就说要节电，催他去睡觉。

皮皮开始接受这个现实。只是心里藏着一个愿望，一直没敢跟爸爸说。

这天晚上爸爸却主动问起他来："皮皮，暑假结束后，你想到哪里上学啊？"

皮皮说："我还想到城里原来的那个学校去上学！"爸爸笑了，说一定要满足他的愿望！爸爸说他准备明天就去天峰山当挑夫赚钱，用赚来的这些钱为皮皮在城里租一间房子，然后让妈妈去城里打工，和皮皮住在一起。皮皮好感动，他真正喜欢上乡下的爸爸妈妈了。

转眼，暑假就要结束。皮皮去城里上学的钱也攒得差不多了，没想到大祸突降。爸爸在挑货上山时，从台阶上摔了下来，把左腿、左臂都摔断了。

皮皮守在爸爸的床边，爸爸不断地叹气。皮皮知道爸爸一定是在为自己上学的事发愁，于是他作出了一个重大决定：不去城里上学了。他把这个决定告诉了爸爸,爸爸坚决反对,皮皮心里却拿定了主意!

这天夜里,皮皮听爸爸妈妈嘀嘀咕咕说到大半夜,好像是在商量他到城里上学的事。第二天一早,妈妈就把皮皮喊起来,要他在家照顾爸爸,她要去城里办点事。

爸爸说:"皮皮,你的亲爸妈还是城里的爸妈,过去他们给你讲的故事是编的,去医院抽血,也只是进行一般的化验。"

接着,爸爸就告诉皮皮,这么做是因为皮皮过去太贪玩了,城里爸妈在没有办法的情况下才想起要把皮皮送到农村来吃点苦。正好这时亮亮认为乡下的孩子将来没有出息,有点自暴自弃。于是,两个爸爸一商量,就决定让两个孩子在暑假期间进行互换锻炼。

皮皮眼睛瞪得老大:原来这一切真的是他们设的一个局呀!当初他做梦都希望是这样的,而现在却怎么也高兴不起来。

第二天上午,城里的爸爸带着亮亮来到了乡下,说是要接皮皮回城里上学。皮皮生气地故意不理他。

亮亮扑到乡下爸爸的身上哭了起来:"爸爸,你怎么伤成这样,疼吗?"乡下爸爸笑着说:"傻孩子,爸爸没事!"接着又把皮皮叫到跟前,说,"我和你们城里的爸妈决定,把你俩都放在城里爸妈那

里,你们要像亲兄弟一样,互相帮助,好好上学,听城里爸妈的话!"

两个孩子"哇"的一声都哭了起来,说:"爸爸,我们听你的话,给你争气!"

乡下的爸爸又说:"孩子,我和妈妈会时刻想着你们的。放暑假、寒假的时候,想回来玩,就一起回来,这里也是你们的家!"两个孩子点点头。

皮皮跟着城里的爸爸和亮亮回到了城里。过了很长一段时间后,他终于搞清了这件事情的真相——皮皮和乡下爸爸父子关系的概率为99%。乡下爸爸受伤后,皮皮进城上学遇到了困难,为此,乡下妈妈专门来城里一趟,把实情一说,城里的爸妈就决定把皮皮接回家里。为了不刺伤皮皮的幼小心灵,就说过去做的DNA化验是假的。

可怜天下父母心!不过皮皮经历过这些事情后,反而更加懂事了。他记住了乡下爸爸的话:DNA不能决定自己的一切,决定自己一切的,只能是自己!

校园小记者多多的 **采访手记**

我们不可能改变自己的出身,那么,我们便去努力改变我们的未来吧。因为,我的未来我作主。

初一学生陈浩崇拜的偶像是爸爸，他做梦都想着长大后也像爸爸一样，成为一名出色的刑警。为实现这个梦想，一有时间，他就缠着爸爸不放，让爸爸向他传授这传授那。寒来暑往，陈浩还真从爸爸那儿学了不少本领。

虎口脱险

暑假的一天早上，陈浩正在公路上晨跑，突然一辆摩托车"嘎"的一声停在他面前，从车上跳下来一疤一麻两个彪形大汉，不由分说把他挟持到摩托车上，然后加大油门朝前驶去。摩托车终于在一个废弃的采石场停了下来。下车后，两个歹徒推推搡搡，把陈浩带到了采石场上面的一个山洞里。

一进山洞，其中的一个歹徒就粗暴地把陈浩推倒在一块巨石上，指着自己的鼻子对陈浩说："你小子很想知道我俩是谁吧？我现在就告诉你，我叫疤子，他叫麻子。五年前，我俩是城郊一带赫赫有名的盗车团伙的首领，警方多次布网都让我们给逃脱了。可恨的就是你那位当刑警中队长的爹一直死盯着我们不放，不但让我们那个苦心经营的盗车团伙全军覆灭，还把我俩送进了监狱。俗话说冤有头债有主，我俩今天就是来讨债的！"说罢，麻子从地上捡起一块尖利的石头，恶狠狠地朝陈浩的头上砸去。

就在这千钧一发之际，陈浩不知从哪儿冒出一股巨大的勇气，突然一声大喝："慢！"麻子一听，浑身不由得打了个哆嗦，举着石头的那只手也停了下来。他狐疑地看着陈浩说："臭小子! 死到临头, 你还有什么话要说?"

陈浩镇静地说："我知道我今天是死定了, 我是绝不会向你们求饶的。但临死前我有一个要求, 如果这个要求你们不能答应, 我死后变成鬼魂也不会放过你们!"

"什么要求? 说出来听听。"麻子好奇地问。

"我知道你俩都是亡命之徒, 我和我妈都难逃你们的魔掌。如果你俩还算是条汉子的话, 就把我妈也弄到这儿来, 让我死之前能见到我妈一面, 我死而无憾; 另外, 让我们母子俩死在一块, 这样就是到了阴曹地府我们也有个照应。怎么样, 这个要求不算过分吧?"

疤子"嘿嘿"奸笑两声说："你以为我俩是傻瓜? 想让我们自投罗网, 让你爸逮个正着? 做梦去吧!"

见疤子这么害怕爸爸, 陈浩脸上浮出了自豪的微笑。他继续迷惑疤子说："这个嘛, 你就放一万个心好啦。我爸三天前去外地执行任务去了, 只有我妈一个人在家。我妈爱我胜过一切, 你只要对她说我在你们手里, 她能不来吗?"

疤子终于被陈浩说动了, 他不顾麻子的劝阻, 扔下一句"看好这个臭小子",

就钻出山洞, 驾着摩托车走了。

陈浩为自己的缓兵之计和调虎离山之计的成功而暗暗高兴。其实, 陈浩的爸爸外出执行任务不假, 但他说妈妈在家却是骗歹徒的, 因为陈浩妈一早就搭车进城订货去了。

时间一分一秒地过去, 在令人窒息的沉默中, 机会终于出现了。也许是洞内光线差空气闷, 也许是放松了警惕, 麻子伸了个懒腰, 起身到洞口边呼吸新鲜空气去了。借着这个机会, 陈浩睁着一双机灵的眼睛观察着洞内的地形。他发现洞内到处是石头, 更让他高兴的是在他头顶上悬着好几块钟乳石。很快, 陈浩想出了一个绝妙的主意。

正在洞口边望风乘凉的麻子突听洞内传来陈浩惊恐的叫喊："妈呀! 救命, 救命呀!"麻子不知发生了什么事, 连忙问："臭小子, 你怎么啦?""哎哟, 我身上爬满了毛毛虫, 它们正使劲地咬我, 痛死我了, 你快来救我呀!"麻子不知是计, 骂骂咧咧地走到陈浩身边, 刚探下身子欲看个究竟, 说时迟, 那时快, 陈浩猛地从地上一蹦而起, 再弓身运气, 之后"呀"的一声大吼, 一头向麻子的腹部撞去。这一招真是又准又狠, 麻子猝不及防，身子被撞得几乎飞了起来，后脑勺"咚"的一声正碰在一块倒挂的钟乳石上，顿时昏死过去。

趁着这个机会，陈浩赶忙找到一块尖利的岩石，奋力磨断了手上的绳子，不顾一切地朝洞口奔去。可陈浩的脑袋刚刚探出洞口，就听见山路上传来了摩托车的声音。他定睛一看，不由得大惊失色：不好，疤子回来了！

退回洞内后，陈浩在洞口边一个暗处藏起来，又从地上捡了一块坚硬的石头。当疤子从他的身边经过时，他举起石头，狠狠地朝疤子的头上砸去。陈浩满以为这一石头至少也会把疤子砸个半死，没料到疤子非常警觉，他一听声音异样顿感不妙，把头一偏，躲过了那致命的一击，随后身子一转朝陈浩扑了过来，并闪电般地抓住了陈浩的一只手，陈浩不由得大

惊！好在他临危不乱，运用从爸爸那儿学到的擒拿格斗术，手臂一缩，很灵巧地把被抓的手挣脱出来，然后撒开两腿冲出了山洞。

疤子哪里肯放，他一边"哇哇"乱叫，一边奋起直追，恨不得一把抓住陈浩，把他撕成两半！

就在这万分危急的时候，陈浩突然看见了不远处疤子停放的摩托车，而且他还意外地发现摩托车没锁。于是，他一骨碌从地上爬了起来，一个箭步冲到摩托车边，飞身上车，就在疤子还在愣神的瞬间，陈浩已启动了摩托车，接着摩托车灵巧地转了个弯儿，之后像离弦之箭一样朝公路方向飞驶而去。

望着陈浩驾车而去的背影，疤子气得直跺脚，随即抱着脑袋一屁股坐到了地上，发出一声绝望的哀鸣……

校园小记者多多的 采访手记

遇到危险时，要沉着镇静，善于开动脑筋，想出化解危险的办法。积极自救，寻找机会，绝境中也可以找到一线生机。

小·机灵多多的爆笑生活

◆ 歪解《论语》

友情提示：以下内容仅供娱乐，如果考试时以此为答案，后果自负。

曾子曰：吾日三省吾身。

凤凰卫视的美女主持人曾子墨曾经说过：我的身体一天走三个省。

【祖国建设一日千里，走三个省也不算太多。】

子曰：父母在，不远游。游必有方。

孔子说：父母活着，游泳不能游得太远。游泳时，必须掌握好方向盘。

【否则有生命危险。】

子曰：以约失之者，鲜矣。

孔子说：与网友约会了一次就会丢失。

【听着新鲜，你骗谁呢？】

子曰：德不孤，必有邻。

孔子说：德国在二战后并没有被孤立，必然还有邻国帮助它。

【同情弱者，是人类的本能。】

子曰：朽木不可雕也。

孔子说：腐朽的木头上不能摆放珍贵的雕塑。

【容易摔坏！】

子曰：吾未见刚者。

孔子说：我从来没有见过郭德纲这个人。

【据说他相声说得不错。】

子贡曰：有美玉于斯。

子贡说：有块美玉在俄罗斯。

【众弟子想想办法：怎么才能弄来把玩一番，琢之磨之？】

子在川上曰：逝者如斯夫！不舍昼夜。

孔子去四川吃火锅，边吃边说：人死快着呢，就像斯大林和赫鲁晓夫，再慢也就是一夜之间的事情。

【所以要及时行乐。】

子曰：岁寒，然后知松柏之后凋也。

孔子说：冬天一到，就知道《林海雪原》中的座山雕藏在哪儿了。

【他饿了，总是要出来打食的。】

子曰：近者说，远者来。

孔子说：你跟边上的人说悄悄话，远处的人肯定会凑过来听。

【现在的人喜欢打听人家的隐私，都跟狗仔队似的。】

子曰：由！知德者鲜矣。

孔子说：哎呀，你还知道"以德治国"呀，真新鲜！

【我也觉得你很新鲜！】

子曰：人无远虑，必有近忧。

孔子说：人如果不为自己的远视眼考虑，必然会为自己的近视眼担忧。

【近视眼请戴眼镜。】

在网上遇到儿子

放暑假后，儿子就玩起了"失踪"，除了在餐桌上匆匆看到他一眼，其他时间，他基本上都宅在自己的卧室里。真没想到，同一个屋檐下，父子见一面，会这么难。

我知道，儿子身在家里，心却在外面广阔的世界，内外连接的，就是那根细细的网线。我决定去网上找回我的儿子。

我申请了一个QQ号。为了"迷惑"儿子，在基本资料一栏，我填写自己的年龄是14岁，与儿子岁数相当，容易被他接纳。搜寻到儿子的QQ号后，我发出加好友的请求。过了一会儿，儿子发过来一个信息："你是谁啊？"我想了想，模仿年轻人的口气，对他说："相逢何必曾相识？哥们，交个朋友吧。"也许是"哥们"起了作用，儿子将我加为好友。怕引起怀疑，第一次，我没和他说话。

每天上班后，我第一件事情就是打开电脑，挂上QQ。儿子的小头像，亮亮的，这说明，他在线了，他已经起床了，洗过脸了，也许正在啃饼干，吃早饭？不管怎么说，能看见儿子了，虽然那只是虚拟的。但我知道，在虚拟的人头像后，真真实实地坐着一个少年，我的儿子。我的心里有点酸酸地暖着。

偶尔，我会和他聊几句。

多半是我先说话，问他在做什么。他的回答很简洁：玩。再问他，玩什么呢？他的回答有时是聊天，有时是玩游戏，有时干脆是"瞎玩呗"。此前，因为中考，很长一段时间，我们没让他碰电脑，现在中考完了，他可以理直气壮地放松放松了。但儿子这样"放松"，还是让我很担忧。我忍不住问他，在玩什么游戏？是不是网游？每天花多少时间？儿子突然发过来一句："你烦不烦啊，怎么跟我老爸一样？"

猛然意识到，自己太过于着急了，这会引起儿子怀疑的，甚至会被踢入黑名单。我决定少说话，这样至少能够每天在电脑上看到他，就像他自小到大，我们常常默默地注视他一样。

一次，无意之中，我从儿子QQ的个人资料上看见，他注册了一个微博。我在网上有个博客，我的文章都粘贴在博客里，偶尔儿子也会转过去，兴致好的话，还会即兴留个言。那是儿子踩过的脚印，让我激动不已。微博是什么东西？我好奇地打开。

原来就是一个微型博客。

最近的更新，就在十几分钟前，只有一句话："老爸刚刚又打电话催我吃早饭，郁闷。"没错，怕他饿肚子，我确实刚刚给他打过电话，没想到，我的好心，竟然让他反感。再看下一条，早上8点20分的，也只有一句话："推开窗户，撞了一身阳光。"看来，他是那个时候起床的。看得出，心情不错。我一页页点开，就像偷看儿子的日记——

"台风来了，恐怖。""晚饭好难吃。""她去外婆家了，上不了网。""想出去，可是，上哪去呢？""妈妈出差三天了，有一点点想她。""看电视，感人，差点哭了。"……

每篇都很短，它就像儿子在网上打开的一扇窗户，我无意间闯了进来。透过这扇小窗，我能够清晰地看见他的喜怒哀乐，他的心境和情绪。而我，似乎已经很久没有这么近地了解我的儿子了。

校园小记者多多的 采访手记

爆笑作文

忽然，汽车停了下来，上来了三个年轻人，一脸的不正气……这时，列车员也发出了警告："小心扒手……"

·师评：不知道作者坐的是火车还是汽车！

"轰"的一声，裁判吹响了比赛的哨子……

·师评：这哨子威力不小·呀！

此后，每天我都会上儿子的微博上转转，细细地品味着儿子留下的每一句话。儿子在悄悄长大。

有天黄昏，因为家中停电了，我拉着儿子出去散步。父子俩一路无语，这样沉默地转了一圈，儿子忽然停下脚步，诡异地看着我，问："老爸，那个14岁的人是你吧？"我惊诧无语。儿子又说："其实你跟我说第一句话，我就猜出来是你了。哪个14岁的孩子会那么老气横秋地打招呼啊？"

既然被识破了，我问儿子，为什么没删掉我，或者将我踢入黑名单？儿子挠挠脑袋："那是因为，打开电脑，我就能看见你，我觉着安全啊！"

我的手搭在儿子肩上，儿子已和我差不多高了，但肩膀还很瘦削。我拍拍他的肩膀："谢谢！"

不论亲情以何种形式表达，都包含着温馨与幸福。你关心着我，我牵挂着你，浓浓的亲情洋溢在生命的每一个角落。

夏天的味道

我想那个时候我们是相互喜欢着对方的，虽然从未认真地讨论过。

初中升高中的假期好长，我们在大街上一遍遍地走，偶尔坐下休息，我会看着远处的天空。那个夏天的太阳真好大，我们被烤得黑亮。他总拿我胳膊的颜色同他手中的巧克力冰淇淋相比，然后哈哈大笑着说："女孩子怎么可以这样黑。"

他学习很好，我们被分在不同的学校。开学前一天的晚上，他来找我，我们聊了很多初中的事。我自始至终都没笑过，他也渐渐沉默，在他转身离开前，我说了一句想了整晚的话："我们……我们暂时不要再见面了，好吗？"他愣了一下，勉强挤出一个微笑，轻轻地点头。我开始了新的学期，并且习惯了没有他的陪伴。

夏天过得好慢，到了九月份还是很热，但已不似先前的燥，依稀有潮气迎面抚来。秋天才刚到，却演绎出寒冬的气质。他突然的一句话，却叫我忘记了寒冷。他说："我们全家要移民了，明天走。"

我没有去机场送行，他说他不想看见我哭的样子。其实，泪水在变换着不同轨迹的同时，也将不同的内心展露。某些时候是不能让别人见到自己的眼泪的，心有眷恋的人就是这样，总把痛苦和压抑留给自己。

后来的日子一天比一天平淡，他没有写信。也许人只有在颠沛流离之后，才能重新印证时间在内心留下的痕迹。当我们开始对回忆着迷时，也许只是对时间着迷。

我考上了大学，找到了工作。有一天却在电视上看到了似曾相识的面容，褪去青涩取而代之的是成熟，他微笑着说："感谢所有曾爱过我和我爱过的人。"他的一切在我脑中如涟漪一样层层散开，潮水般汹涌而凄迷，如同那个夏天我们曾经的迟疑。我站在这座冰冷城市22楼的窗前，看见玻璃窗中反射出的自己，泪流满面。

校园小记者多多的 采访手记

不是每个故事都有完美的结局，人生注定要失去很多东西。无法挽留的，我们可以把它留作美丽的记忆。

第六章

酸甜苦辣的
学习生活

把钥匙交给小蒙

时光像水一样漫过来，在人生的河道中奔涌。很多事情沉没了，总会有几个难忘的细节，山一样矗立。

小学五年级的时候，我的临桌周大明有一支红蓝铅笔，画小鸟、画大象，可漂亮了，我们都羡慕他。李小丽从家里偷出来一个苹果掰一半给周大明，周大明才答应让李小丽用他的红蓝铅笔画了一只蜻蜓，把李小丽美得像个凯旋的小公鸡，走路都扭屁股。

我想有一支红蓝铅笔，向妈妈要钱买，妈妈说等卖了鸡蛋才会有钱。我就整天盼着收鸡蛋的小贩。

红蓝铅笔每天晚上都在我的梦里出现。

那天早上第一节自习课，周大明像是忽然被毒蛇咬了一口，大声地哭起来，原来他的红蓝铅笔不见了。同学们帮他找，书包里的东西全都抖出来了，还是不见红蓝铅笔。这时候，大家火辣辣的目光盯着我，因为昨天是我值日，走得最晚。周大明像捞到了一根救命稻草，哭丧着脸问我："小蒙你看见我的红蓝铅笔了吗？"

我一下子脸红了，我嗫嚅着说："我没见你的红蓝铅笔。"李小丽说："你没见周大明的红蓝铅笔，你怎么脸红了？一定是你偷了。"

"我没偷！"我急得想哭，想找个地缝钻进去。

周大明哭着去找李老师。李老师把我叫到她的办公室，问我："你真的没见到周大明的红蓝铅笔吗？"

幽默乐翻天

五年级的时候，我们班里新转来一名女同学。她到讲台前进行自我介绍："虽然我是新转来的，但我未必是最优秀的，我未必是最漂亮的，我未必是学习最好的。"同学们都为她的谦虚鼓掌。这位女同学转身在黑板上写下：我叫魏碧。

我的头低低的，说："没有。"李老师说："拾到东西要交公，没拾到就算了，上课去吧。"

走进教室，同学们都在小声嘀咕什么，用异样的目光看我。周大明不理我，李小丽也不和我玩了。我郁郁寡欢，上课没心思，有一次李老师提问，喊了我好几次，我还低着头不知道喊谁。

我开始逃课了。有一次到河边的小树林里掏鸟窝，被李老师抓住了，把我摁到教室里。李老师走上讲台，拿着一支红蓝铅笔说："同学们，周大明同学的红蓝铅笔丢在我的办公室了，现在我交给周大明同学。"

大家鼓起掌来。

李老师又宣布了一件事，说从今天开始，把钥匙交给小蒙。

我似乎不敢相信自己的耳朵。在我们学校，教室的钥匙就像权杖一样，只能交给全班最信任的人。谁拿着教室的钥匙可是至高无上的荣誉，每天要第一个到学校来开门。一般来说，除了班长和班主任，谁也没有拿钥匙的资格。

直到班长很不情愿地把钥匙交给我的时候，我才相信这是真的。

下课了，李老师笑眯眯地跟我说："小蒙，祝贺你。大家信任你，也希望你以后第一个到学校，尽到一份责任。"

"嗯嗯。"我使劲儿点着头。

后来，我再也没有逃课掏鸟窝，总是第一个来到学校，打开教室的门，开始学习。李小丽开始和我套近乎，周大明也和我一起踢毽子。

考上重点初中的那一天，我走进李老师办公室，拿出一支红蓝铅笔说："老师，我捡到的铅笔，交给您。"

李老师愣了一下说："送给你吧，你每天第一个到校，这是对你的奖励。"

我喊了一声李老师，泪水就不听话地涌了出来。

校园小记者多多的 **采访手记**

　　一把钥匙代表着信任，是李老师为了保护一颗儿童的稚嫩心灵而采取的善意举动。原来信任与关爱，是解开心锁的钥匙。

那些青春燃烧的日子

张穆然是高一下学期转来的新生。我们不仅住同一个寝室，而且还是同桌，感情就自然比别人更好一些。那时候，正是《灌篮高手》横行的年代，篮球打得很好，又特别爱开玩笑的穆然简直就成了女版的樱木花道。受她的影响，我也渐渐迷恋上了《灌篮高手》，喜欢上了打篮球。

我们打球的时候，球场边总会有一个瘦瘦高高的男孩儿，环抱着双臂，微笑着看我们笨拙的表演。时间长了，我们才渐渐发现，他的目光始终锁定在穆然的身上。我们打了一年的篮球，他就默默地看了一年。

勉强打了一年的篮球之后，我便再也对体育提不起兴趣了。穆然仍旧像假小子一样混迹在男生的队伍里打球，嬉

幽默乐翻天

父亲："小明，考你一道题：树上有两只鸟，打死一只，还有几只？"

小明："一只。"

父亲："笨蛋！那只鸟还不吓跑了！再问你一道简单的，如果答不对，小心屁股！听着：屋里只有你一个人，我又进来了，有几个人？"

小明："一个。"

父亲："怎么还是一个？"

小明："我吓跑了。"

戏。不知从什么时候开始，球场旁的那个瘦瘦高高的男生便已经和穆然走到了一起，常常能看见他们共撑一把伞，在雨中漫步的情景。只是他比修长的穆然矮了一些，只好将伞高高举起，为她挡住风雨，自己却被雨水淋湿半边衣服。每每看到他高高举起的手臂，我们都会暗暗发笑。

日子看似平静，却在悄无声息地

改变着。当穆然半年前第一次剃光头的时候，我们都争先恐后地上前去摸一摸，也曾为她这前卫的举动暗暗地捏了一把汗，毕竟她灯泡一样的光头在学校里太吸引老师们的眼球。可这一次，谁都没想到，一向暴躁的班主任并没有说什么。这时，谁也没想到，一向快乐微笑着的穆然竟然患上了白血病，而且是晚期。她突然发病被送到医院之后，我们才知道她的病情。住院的时候，她的乐观渐渐感染了身边的医生，感动了护士，感动了许许多多的人。当电视台通知我们要为穆然录制节目的时候，所有的人眼睛都红了。在镜头前，她一句也没提自己的病情，只是不停地喊着我们的外号，和我们开着玩笑，最后她还和我们所有人约定，要一起参加20年后的同学聚会，坐在班级里看录像的人已经有了哭泣的声音。

可她失约了，几天之后，穆然走了。得到这个消息的时候，我们正在上体育课，仿佛在瞬间被闪电击中，我们久久伫立在操场上。

突如其来的大雨使得体育课不得不中断。我们躲在教室里，默默地望着窗外，忽然，我吃惊地发现那个瘦瘦高高的男生正打着伞站在球场旁边，手臂高高

举起，像是在为谁遮风挡雨……

我再也无法控制自己，捂着嘴失声痛哭……

青春，是一种微痛的蜕变。爱情、社会、生活都需要我们一点点在酸痛中读懂。我至今无法忘记那些青春燃烧着的日子，无法忘记岁月里的点点滴滴，更无法忘记穆然快乐的微笑。

趣味造句

1. 题目：我是……，想要……
小朋友写：我是小偷，想要偷钱。
老师批语：小朋友，这样做是犯法的。

2. 题目：因为……所以……
小朋友写：因为小狗很可爱，所以没人爱。
老师批语：我还以为你要把它带回家呢。

3. 题目：是……也是……
小朋友写：妹妹是猫也是狗。
老师批语：那你到底是猫还是狗？

4. 题目：先……后……
小朋友写：我先穿上衣服，后去洗澡。
老师批语：你妈妈赞成么？

5. 题目：因为……所以……
小朋友写：因为我的肚子不甜，所以要吃娃哈哈。
老师批语：这个理由不错。

校园小记者多多的 采访手记

不要在乎是否有人记得你的生命轨迹，我们要做的，只是为人间留下一道最美丽的痕迹。

一碗热粥

那是一个寒气逼人的早晨。早读课上，语文老师照例检查前一天布置的作业，当他来到我身边时，我才发现，为了写一篇作文，我竟然忘记了完成语文作业。我拿不出作业来，语文老师生气了，劈头盖脸地厉声嚷道："别以为你能发表几篇文章，就可以不做作业了！"我想解释，但又觉得此时的努力无济于事，我低头不敢出声，任凭语文老师数落个不停。

语文老师终于没力气了，丢下站在一边的我，继续检查作业。当知道全班只有我一个人没完成作业时，语文老师又爆发了他压抑的情绪，几乎是暴跳如雷，两眼迸发着愤怒的目光，指着我的脸又呵斥起来："太不像话了，给我滚出去，好好反省反省。"

我明白，语文老师让我反省，其实是在惩罚我，我不情愿地站到了教室外面。他竟然在同学面前如此对待我，弄得我如此难堪。委屈和寒冷，一起袭击着我，我不禁流下了眼泪，我恨死语文老师了。

下课铃声响了，同学们飞跑着去食堂吃早饭。我奔向我的座位，在空荡荡的教室里，失声痛哭。

或许太冷，或许太饿的缘故，我禁不住哆嗦起来。这时，有同学吃完早饭回教室了。张红端着一碗粥走了过来，那粥还冒着热气，张红俯在我耳边轻声说："饿了吧？快把粥吃了。"还是张红最好，不愧是我的好姐妹。我抢过那碗救命的热粥，迫不及待地吃起来。

吃完了粥，我擦擦嘴，这才记起感谢张红。我感激地握住她的手说："张红，真是太谢谢你了。要不是这碗热粥，说不定我早就坚持不住，晕过去了。"张红忙摆手，红着脸说："其实，给你端粥不是我的意思。"我迷惑了，追问张红到底是怎么一回事。

张红悄悄地告诉我："这是语文老师的意思，是他叫我端粥的。他知道你是不会去食堂吃早饭的。"此时此刻的我，心潮澎湃，思绪万千。不知道什么时候，语文老师出现在了教室里。他依然一脸的严肃，严肃得叫人害怕。

校园小记者多多的 采访手记

爱之深，责之切。老师的批评，是锋利的刀；老师的关怀，是冬日的阳光；老师的爱，比父爱更严峻，比母爱更细腻。

《我的儿子叫皮卡》

作者: 曹文轩

　　《我的儿子叫皮卡》预计出版16册，率先推出的4册——《皮卡的尖叫》《皮卡和皮三》《皮卡的秘密》《皮卡淘金记》，讲述了皮卡从出生到上学前的精彩故事。皮卡从一出生就充满传奇色彩，从降生的那一刻，他就开始为这个世界创造故事——他创造了无数的故事。他善良、纯真无邪、机智、活泼，极容易对一些事情或事物产生兴趣，而一旦发生兴趣就非常专注。虽然这个世界使他感到迷惑甚至迷惘，但他始终用一个孩子的清纯目光看着这个世界——善与恶、美与丑、真与假、荣誉、真诚、金钱、友谊、崇拜、权力、勇敢……或许他一时不能明白这个世界，但初涉人世的皮卡还是在一片懵懂中一天一天地成长起来。

　　作者以幽默诙谐的笔调，讲述了小男孩皮卡的成长故事。这个创造了无数故事的男孩皮卡将成为我国儿童文学人物画廊中一个崭新的艺术形象。幽默，但不是轻浮空洞的搞笑，而是一种达抵智慧境界的幽默。皮卡的成长过程同时也是一个让人感动的过程，它能令每个人看到自己的童年，体会到人生之初的单纯是如何一点一点被描绘得五彩斑斓。

带刺的玫瑰花

上初二的时候，我们班从外地转来一个女同学，她姓莫名莉，虽然名字挺好听，但长相却实在令人不敢恭维。尤其是她的右脸上还有一块铜钱大小的疤痕，让人看上去感觉很不舒服。

由于是插班生，再加上莫莉的性格比较内向，平时不太和同学交流，她自然成了我们孤立甚至嘲讽的对象。下课时，大家在一起勾肩搭背、说说笑笑的时候，她很少能参与进来，谁买了零食大家一起分享时，就更是没有她的份了。她在班里仿佛可有可无。

然而出乎意料的是，就是这个毫不起眼儿的莫莉，在期中考试时，竟然把我从第一名的宝座上挤了下去，高高占据班级榜首！这使得同学们都十分惊讶，特别是我，既嫉妒又愤恨，心里不服气地想：就凭她那个丑样，怎么能比我考得好呢？

虽然那次考试让莫莉一鸣惊人，但同学们对她的好感似乎并没有增加多少。或许是因为我对她格外多了一份"关注"吧，有时候，看到她形单影只地坐在那里埋头读书的样子，我心里甚至隐隐有种莫名的快感。那时候的我根本想象不到，莫莉在日后会成为我最要好的朋友之一。

事情的转变，源于一篇周记。那次语文老师留给我们的题目是写《我的一个同学》，我毫不犹豫地把

幽默乐翻天

晓峰回到家里，妈妈发现他脸上肿了一大块，就问他到底是怎么弄的。

晓峰回答说："下午我和爸爸去公园划船时，有一只蜜蜂停在我脸上……"

妈妈又问："那你招它赶走，不就行了？"

晓峰说："我还没来得及赶走它，爸爸就用船桨招它拍死了……"

我们经过一家百货商店时，我不禁感慨道：啊！看来人民生活水平的确提高了，你看那位农民老大爷，左手一台电冰箱，右手一台电视机，一溜小跑回家去了。

·师评：功夫高手。

运动会100米短跑终于开始了，同学们像一只只脱缰的野狗奔了出去。

·师评：运动场变赛狗场了吗？万狗奔腾，壮观！

解放军叔叔一个个匍匐前进，就像一条条绿色的青虫在地上蠕动。

·师评：我堂堂威武之师到你那里咋成了"虫虫特攻队"了？

主人公锁定了莫莉。在那篇周记中，我不惜笔墨地对莫莉的外貌进行了挖苦和讽刺，其中有一个我自以为得意的句子是这样写的："她那胖嘟嘟的圆脸上印有一块黑褐色的疤痕，看上去就像一个发了霉的面包。"

交上周记后，我原本以为语文老师还会像往常那样在后面批上"观察细腻、描写生动"等表扬性的评语，没想到，周记本发下来之后，我看到的却是另一番评价。至今，我仍然记得那段令我脸红并且终生难忘的批语：

"在老师眼中，你是一名各方面都很优秀的学生，不过从这篇周记中我发现，你还缺乏一种重要的本领，那就是你虽然善于观察别人，但还不善于欣赏别人。这说明你在与别人的交往中少了一份真诚和友善，少了一份理解和包容。要知道，嘲笑他人很容易，但能欣赏他人却很难。据我所知，莫莉同学脸上的疤痕是在一次火灾中留下的，但生活的苦难并没有封挡她追求上进的脚步，她的坚强隐忍，她的勤奋好学，都是值得我们敬佩的。我们可不能因为玫瑰身上有刺，而忽略了它作为花儿的芬芳哦……"

语文老师在周记本上写下的话语给我上了宝贵的一课。从那以后，我开始学会以欣赏和包容的眼光看待他人，并和很多有着各种各样所谓缺点的人成为了要好的朋友。从这些朋友身上，我总能找到值得自己学习和借鉴的长处，并以此激励和完善自我。

我们在与人交往时，习惯于以"批判"的眼光看待他人，当发现别人有这样或那样的毛病之后，就敬而远之。无疑，这将使我们错失生命中的很多朋友。在这个世界上，每个人身上都有缺点，每个人身上也都有优点，如果能以欣赏和包容的态度对待他人，你就会发现，其实，每个人都是一朵带刺的玫瑰花。

校园小记者多多的 采访手记

生活像咖啡，欣赏是方糖，二者融合才能品尝出芳香与甜美。学会发现他人的优点，我们的生活才会更美丽。

鞋

体育课上，林然受到了老师的批评。那是新生入学的第一堂体育课。

老师严厉地问："你怎么不穿学校发的运动鞋？"

看着脚上那双母亲缝制的布鞋，林然用很小的声音说："我的那双鞋丢了一只……"全班同学都笑了。这个理由太勉强了，一听就是假的，哪有偷鞋偷一只的？

体育老师大怒，把这个情况反映给了林然的班主任梁老师。梁老师找到林然询问，得到的仍是同样的回答："左脚那只鞋丢了！"看着这个乡下来的孩子，梁老师叹了口气没有再说什么。在这所重点高中里，贫困的农村学生也有一些，像林然这样的学生，自尊心都很强，所以梁老师并没有批评他或者让他再买一双新鞋。

快入冬的时候，天气一天比一天冷。

梁老师到一家鞋店准备买双棉鞋。刚一进去就听见一片吵嚷声，听声音有些耳熟，便走过去，一看，是林然！他正红着脸站在那里，而一个卖鞋的人兀自在那里数落个不停。

梁老师便问卖鞋人："这是我的学生，发生了什么事？"同时他心里想着可别是林然要偷东西吧！"

卖鞋人有些气愤地说："你说这个人，看好了，价钱也讲好了，竟然要用讲好价钱的一半买一只鞋！和他说不卖一只鞋，要买就得买一双，他说没那么多钱，你说这不是成心捣乱嘛！"

梁老师闻言也是一愣，这孩子到底想干什么？他把林然拉到一边，说："告诉老师，为什么只买一只鞋？还有，上次学校发的运动鞋怎么少了一只？"

沉默了一会儿，林然终于说："老师，我是给我爸买鞋呢！我爸去年上山拉石头，被砸断了右腿。所以冬天冷了，我想给他买一只暖和的棉鞋。学校发的运动鞋，也是给了我爸爸呢！"

"傻孩子，你不知道这鞋不能单只卖吗？要买就得买一双呢！"

"我没买过鞋，以为可以买一只呢！老师，我真的不知道呢！"

梁老师忽然问："你见过我父亲吗？"

林然点点头，梁老师的父亲同学们都远远地看见过。每天的黄昏时分，梁老师就用轮椅推着父亲在校园里散步。听同学们说，他父亲也是残疾人，在对越自卫反击战中负的伤。

梁老师说："巧了，我父亲只剩下一条右腿，我也是给他买鞋的，你父亲穿多大号的鞋？"林然眼睛一亮："42号！"

"太好了！"梁老师兴奋地说，"一样的大小！咱俩正好可以合买一双鞋，一人一只，每人只花一半的钱！"

林然也激动起来，他一点也不怀疑

网络名词秀 SEARCH

1.请你以后不要在我面前说英文了，OK？

2.好久没有人把牛皮吹得这么清新脱俗了！

3.一觉醒来，天都黑了。

4.我帅的不是外表，我帅的是气魄！

5.不要和我比懒，我懒得和你比。

6.早上长睡不起；晚上视睡如归！

梁老师，因为他的父亲的确也是残疾嘛！于是买了鞋，两人都高兴地各拿一只鞋回去了。林然也知道梁老师是有意帮他，以梁老师的条件，完全可以单独给他父亲买一双贵一点的鞋。所以他对梁老师很感激，而且两人心照不宣地把此事当成了秘密。

就这样，每年的换季时节，梁老师都会约林然去买鞋。林然给父亲买鞋的钱，都是从饭费里省下来的。而梁老师也深知他的难处，每次买的鞋都是那种既便宜又实用的。

高中三年就这样过去了，买鞋的事也成了林然和梁老师心底最温暖的秘密。林然的心里感动万分，是啊，梁老师既帮助了他，又很小心地不去碰触他那敏感的自尊与自卑。

毕业离校那天，林然去梁老师家向他道别。这还是他3年来第一次到梁老师家去。正看见梁老师推着他父亲在路上缓缓地走着。他父亲坐在轮椅上，满头白发，身上盖着一条薄毯。秋风把毯子的下摆吹起，林然的眼泪立刻涌出来。

在那毯子下面，空空荡荡，根本就没有腿。

校园小记者多多的 采访手记

当我们为了他人的幸福和希望而说出谎言时，谎言就是善意的。善意的谎言是水中的明月，虽然虚无，却给人安慰。

日记与尺子有关

十岁那年的一篇日记与尺子有关，这是一个秘密。

我坐在自己搬到学校去的板凳上，和新来的语文老师对分着讲桌。

新来的语文老师戴着眼镜，讲普通话。在这个乡村小学里，真让我们稀奇了一阵，叽叽喳喳地从饭桌传遍田头地

尾。语文老师从来不打骂我们，总是一天到晚伴着我们，很有耐心地说那讲这。我们都喜欢他。我们在家不管是放牛打猪草还是捡麦穗，都准时到校，从不迟到；上课也不淘气捣蛋，跟着老师用生硬的普通话朗诵课文；还用蓝墨水笔在练习本上写日记。

从来没有写过日记的我们，像模像样地摇起了笔杆子，把一天中自己认为最值得记的事都如实地记下来。第二天老师检查时，大家都从自己的黄帆布书包里掏出那些本子角打了皱的日记本，放在桌上等老师来看，一副愿意敞开心扉的样子。

老师来到我的桌边，当我的日记本被老师翻得哗哗作响时，发生了一件意外的事。老师从来不读日记，却读了我的日记，我的日记里记了一个不可告人的秘密，这个秘密被老师当着全班同学的面读出来了：

那天，我借了一个女同学的一把尺子，尺子是淡绿色的、透明的，上面还有一个好看的小女孩，会眨眼睛。多漂亮的尺子！我把玩了半天，爱不释手，用过以后，我没有及时还给她。第二天，那女同学没有找我要，我想她可能是忘了吧，没有还她尺子。第三天，她问我是否看到了她的尺子，我想她肯定是不记得我借了她的尺子，于是忙说没有。

下课铃一响我就跑出了教室。一

路上，我怀里像揣了一只兔子一样惴惴不安，好像同学们都知道那把尺子在我书包里一样。晚上回家，我还是禁不住把尺子拿出来，用它画横线竖线，都是那么直，那么整齐。我把尺子收到书包里，又拿出来看了一眼，上面那个漂亮的小女孩，她的眼睛眨得真可爱，用手摸了又摸，这才恋恋不舍地放回书包，收到书包夹层袋子里，最后把书包放在枕边才入睡。

那天晚上，我做了一个梦，有一个小女孩来到我身边，我抬起头，发现这个小女孩真漂亮，好像在哪儿见过一样。对了，就是那把尺子上的小女孩。她静静地坐在我的桌边，说要给我讲一个故事。

醒来时，我只记得那个小女孩说要回到她的主人那里去，故事的内容却记不清楚了。

"我是把尺子还给她还是留下来，我该怎么办啊？"日记里我在求助。我的求助在语文老师的标准普通话里，传进全班同学的耳朵里，也传进了那个女同学的耳朵。讲桌的那一半是老师的课本，静静地躺着；这一半是我热辣辣的双颊贴在上面不敢抬起，我的背上是全班同学的目光，周围的一切似乎停滞不前。

老师把日记本轻轻地放在我桌上，然后什么也没说就开始上课了。

课堂上的气氛与平时没有两样，我

却什么也没有听进去。

好不容易下课了。下课时，老师拍了拍我的肩膀，镜片后的目光流露着亲切。

就在下课的那一刹那，我突然悟出了什么，是老师的手传递的信息，那分明是鼓励、是信任、是勇气啊！我如释重负，把尺子还给了那个女同学。

后来，那个女同学一直是我最好的玩伴，最亲密的朋友。也许是因为这篇日记吧。

十岁那年的那篇日记、那把尺子、那个秘密，被语文老师公开了，又是语文老师落在我肩膀上的那一份力量，帮我战胜了自己。如果没有二十多年前语文老师的一次破格，那把尺子就是一个沉甸甸的包袱压着我，终将不可饶恕。

校园小记者多多的 采访手记

每个人内心都会有"善"与"恶"的争斗，有时"恶"会占了上风，这时外界的信任可以激发出内心深处的良知和美德。

奇思妙想的答案

写出成语的主角

铁杵成针——＿＿＿＿

正确答案: 李白

有这些答案:

老奶奶（确实有老奶奶。）

一个诗人和他的妈妈（汗……老奶奶升级成妈妈了。）

铁杵（果然是主角。）

铁杵和针（瀑布汗……没语言了……）

纸上谈兵——＿＿＿＿

正确答案: 赵括

有这些答案:

赵刮（满好的！）

一个大将军的儿子（的确是这样啊！）

孙子（侮辱孙子！）

朱和亮（是诸葛亮么？）

写出下列歇后语

蚊子找蜘蛛——＿＿＿＿

正确答案: 自投罗网

有这些答案:

蚊子找蜘蛛——不安好心（弄混了吧？）

蚊子找蜘蛛——莫名其妙（的确是有点。）

蚊子找蜘蛛——找死！（还有感叹号！强悍的孩子。）

螃蟹过街——＿＿＿＿

正确答案: 横行霸道

有这些答案:

螃蟹过街——七手八脚（你告诉我，手在哪里？）

螃蟹过街——人人喊打（可怜的螃蟹！）

螃蟹过街——乱七八糟（我也乱七八糟。）

解释"老手"中"老"的含义。＿＿＿＿

正确答案: 熟练的, 有经验的

有这些答案:

老手——粗糙的（孩子，我明白你的心。）

老手——不嫩的（你学学楼上我也就勉强放过你了，你说呢？）

老手——打游戏打得好的（你说，这种小孩，我还能说什么？）

把下面四句用关联词连接。

1.李姐姐瘫痪了；

2.李姐姐顽强地学习；

3.李姐姐学会了多门外语；

4.李姐姐学会了针灸。

正确答案: 李姐姐虽然瘫痪了, 但顽强地学习, 不仅学会了多门外语, 而且还学会了针灸。

有这些答案:

虽然李姐姐顽强地学会了针灸和多门外语, 可她还是瘫痪了。

李姐姐之所以瘫痪了, 还学会了针灸, 她那么顽强地学习, 终于瘫痪了。

李姐姐不但学会了外语, 还学会了针灸, 非但学会了多门外语, 甚至学会了针灸。

李姐姐之所以瘫痪了, 是因为顽强地学习, 非但学会了多门外语和针灸, 最后还学会了瘫痪。

李姐姐是那么顽强地学习, 不但学会了多门外语和针灸, 又在顽强地学习瘫痪。

李姐姐学会了多门外语, 学会了针灸, 又在顽强地学习瘫痪。

用10~20个字给推广普通话做个广告策划。

有这些答案:

方言诚可贵, 外语价更高。若为普通话, 二者皆可抛。

做普通人, 讲普通话。

学好普通话, 走遍天下都不怕。

今年暑假不休息, 学习只学普通话。

今年过节不说话, 要说就说普通话。

现在是普通话时代, 说普通话的人越来越多。

出门儿要讲普通话! 地球人都知道。

学习普通话! 我们一直在努力!

普及普通话, 沟通无障碍。

普通话, 挺好!

悟空, 你要说普通话, 要不然观音姐姐会怪你的!

说了普通话, 牙好, 胃口好, 吃嘛嘛香!

嘿, 说了普通话, 还真对得起咱这张嘴!

普通话, 咱老百姓自己的话。

普通话, 语言中的战斗机。

普通话, 自从有了你, 世界变得好美丽!

国家免检产品——普通话!

普通话——国家宇航员指定语言。

广告做得好, 不如普通话说得好。

让老师哭笑不得的考卷

小学生活的酸甜苦辣

小学，是我一个梦的天地，它编织了我七彩的梦，给予了我幸福的六年时光。在这六年里，生活是丰富斑斓的。它们拥有不同的风采。仔细地品味，那多样的生活环抱着多样的味道：酸甜苦辣。

[酸：回忆中的青梅]

在我刚刚进入小学时，那平静的生活中，写满了我的刻苦。但是，我的首次测验失败了。当时的我伤心极了，回到家中，一阵劈头盖脸的骂声之后，心像吃了一颗青梅般，酸溜溜的。

[甜：永久的美丽]

成功总在失败之后，紧接着又是一次测验。前次考试已经失利，这次考试，我当然发奋努力。没想到，"黄天不负有心人"，我竟得了满分。我太开心了，那样的感觉，是那么甜美，犹如一朵盛开的鲜花。

[苦：望而生畏的时光]

在我的小学，

幽默乐翻天

在博物馆参观的时候，听到一个小孩在问他的爸爸说："爸爸，那个雕像是爱神维纳斯吗？"

"一点不错，小宝。"

"可她为什么不穿衣服？"

"因为这样便不必担心服装过时了。"

有一个游泳池。每年，那里都会举办游泳活动。我年年参加。我记得，有一回，我在学习"漂浮"这个动作时，竟学不会。正当我努力尝试时，老师突然过来，将我双脚提起，吓得我直冒冷汗，连呛好几口水。唉，谁叫我运动细胞不发达。回忆起那段让人望而生畏的时光，心中就觉得苦涩不已。

[辣：永不释怀的教训]

在三年级时，骄傲和懒散慢慢侵近我。随着时间推移，成绩也逐渐下降。面对老师

爆笑作文

有一天,老师在班里表扬了一位同学,说他成语"青翠欲滴"使用得好。下一次交上去的作文,几乎每个人都用了"青翠欲滴"。"教室的一角有盆青翠欲滴的花";"爸爸拿出青翠欲滴的酒杯";"她穿上了一件绿色的裙子,真是青翠欲滴。"有个男生居然写:"这两天我感冒了,我的鼻涕青翠欲滴。"

·师评:我被你们气得青翠欲滴!

我认为自己是个品学兼忧(优)的好学生……

·师评:你是该忧了——不及格。

2060年早晨,甘肃九泉(酒泉)太空装置发射基地……

·师评:九泉?是阎罗王建立的吧!

的疑惑,父母的担忧,毫不动心的我,终于在班主任刻入骨髓的、凄凉而又苦口婆心的训话中觉醒。我记得老师那苍白的脸上,写满愤怒和不满,那痛楚的表情,永久地,我记下它,作为永远的鞭策。时至今日,我仍没忘却那恨铁不成钢的表情。

一句句的话;一件件的事;一丝丝的情,构成了我缤纷的小学校园生活。

校园小记者多多的 采访手记

每个人都有难忘的小学生活,它虽然充满了酸甜苦辣,你可能哭过,你也可能痛过,但它同时也承载着多少快乐与梦想。它将是我们一生最美好的回忆,无论是酸的,还是苦的。

让我为你唱支歌

一日深夜，小莉辗转反侧，怎么也睡不着，便叫醒下铺的姐妹："我睡不着，咱们聊会儿天吧！"

下铺的姐妹说："好吧，聊什么呢？话题由你定！"

小莉想了想，笑道："我们就聊沉重一点的话题吧，比如说——你的体重！"

短暂的沉默后，下铺的姐妹也说话了："这也太沉重了吧，那我们还是聊点肤浅的，比如——你的智商！"

只几天时间，回到学校的万鹃瘦了一圈。坐在教室里，她一言不发，不是伏在桌子上就是两眼呆呆地望着天花板。

她还没有从丧父的悲痛中走出来。难怪啊，一个12岁的孩子，一个月前看着父亲满怀信心去赚钱，而一个月后，回来的却是一个小小的骨灰盒。别说对一个瘦弱的小女孩，就是换了谁都难以接受。万鹃一想起父亲走的时候抚着她的头对她的叮嘱，眼泪怎么也忍不住。

父亲才35岁，收割完中稻后把家交给母亲便踏上了南下的列车。走的时候他对万鹃说："我不在家，你要听妈妈的话，好好读书，闲时帮妈妈做点家务，我出去赚点钱，好送你读点书。"万鹃很懂事地点了点头。可令她

网络名词秀

SEARCH 🔍

1.真羡慕你这么年轻就认识我了。

2.最近总是失眠，16小时就睡醒一次。

3.人人都说我丑，其实我只是美得不那么明显。

4.要不是打不过你，我早就跟你翻脸了。

5.同样的一瓶饮料，便利店里2块钱，五星饭店里60块。很多时候，一个人的价值取决于所在的位置。

6.好好活着，因为我们会死很久！

7.连广告也信，读书读傻了吧！

万万想不到的是，一天傍晚，父亲在与歹徒的搏斗中倒了下去。当时，歹徒正拿着刀抢劫别人。

父亲见义勇为的事迹感动了许多人，也感动了那个城市。一名外来打工农民就这样把他的鲜血和生命洒在了那个陌生的城市。万鹃懂得父亲的献出是值得的，但她还小啊，她不能没有爱她和她心爱的父亲啊。

班主任经常劝慰万鹃，她要好的同学也都陪她说话，陪她玩，可失去父亲的悲伤怎能轻易缓解呢？老师为万鹃着急，同学为万鹃揪心。活动课的时候，因为万鹃，教室里显得很沉闷。班主任说："同学们，我们大家活跃一下吧。"老师说完了，教室里依然寂静得似乎连空气都快要凝结了。

班主任把目光投向了李晓，班主任的目光中似乎夹着些许求援。李晓是万鹃的同桌，也是班上的文艺委员。李晓是本学期从外地转来的，随了她姑妈就读。她性格开朗，学习成绩好，点子多，独立性强，深得同学与老师的喜爱。李晓知道班主任的意图，立即站了起来。李晓说："同学们，我来唱支歌吧！"话音刚落，班主任带头鼓起了掌。

"世上只有妈妈好，有妈的孩子像块宝，投进妈妈的怀抱，幸福享不了……"李晓深情地唱着，同学们仿佛一下都投入到了妈妈的怀抱。万鹃也是。她想起了妈妈，妈妈总是在无助的时候紧紧搂着她的。是啊，爸爸走了，可我还有妈妈啊！妈妈更需要我了，我如果老沉浸在悲伤中，妈妈会更加难过的……班主任看万鹃听着歌，感觉到她的状态有了些好转。李晓唱完，掌声再次在教室里雷鸣般响了起来。

李晓坐下来，悄悄地擦了把泪，这一细微的动作只有班主任看到了，班主任认为，李晓是为万鹃抹泪。

没有人知道，李晓是为自己抹泪，因为她的父母早已在一场洪灾中离她而去了。

校园小记者多多的 采访手记

只要悲痛不是一个接一个，生活便都是可以好好珍惜的。面对生活的磨难，即使我们浑身战栗，也要勇敢地站起来。

被老师遗忘的日子

窗外还在刮风，天冷得厉害，我哈哈气，透过雾蒙蒙的玻璃看见杨老师站在外面。我有些奇怪了，她已经喊了那么多学生出去谈话，有成绩一直名列前茅的小浅，有班干部，也有差生，可是就没我。

我成绩那么好，数学一直居高不下，在班里可是听话的好孩子。我想出去的同学都是被表扬了吧，看着他们一个个进来的时候一脸灿烂。我趴在桌子上发呆，心想老师一定忘记了我。我承认我是一个很喜欢获得荣誉的学生，就连老师给的一点点小小荣誉也要去争取，哪怕是鼓励我一句。

接下来的日子我没有心情学习。我自己要求从第二排搬到了最后一排，开始过着背对冷墙，眼看黑板的生活。我的反常居然没引起班主任的一点注意，她依旧喊同学出去，可就是没有我。我成绩拿第一

不鼓励我，我调皮居然也置之不理，我感到有些不可思议。

考试成绩出来，我的成绩简直是惨不忍睹，一落千丈，年级600名。看着这个成绩我想哭，以前我都是年级前50名。这下班主任真的把我叫出去了，站在雪花满天飘的教室外面。

她拿出成绩单给我看，边指着我的成绩边说："你看你呀，我可从来没喊过你出来，你自觉性高，没多少错，比班干部都听话。可是你这一个月来也有点太不像话了，我本来早就想喊你出来了，可你在我心目中是个好学生，我不想伤你自尊。而你就不争气，成绩差成这样，怎么对得起你父母。"

我哭了，站在外面看着满天飘舞的雪花。我说："老师，我错了。"

她看着我，帮我擦干眼泪，对我说："知道错了就好，下次努力，我相信你。"她叫我回教室，我擦了擦眼泪，转身看着她远去的背影，我忍不住心里的伤心，眼泪再次泉水般涌了出来。那些纷纷扬扬的雪花，点点滴滴下落，在空中飞舞，最后落在地上，成了白色的一片。

随后的日子里，一切依旧。我似乎明白了一个道理：那些所谓的伤害无非是少年的心太过敏感和脆弱。突然间的豁然开朗竟然让我觉得自己长大了，成熟了……

校园小记者多多的 采访手记

不要抱怨生活的路太窄，有时是我们钻进了牛角尖。不要抱怨我们缺少爱，有时是我们没有学会接受爱。

英文名：Joseph Cheng
国家或地区：中国
出生日期：1982年6月19日
毕业院校：私立醒吾技术学院
兴趣爱好：看电影、画画、打网球
职业：影视演员、歌手、模特
星座：双子座
身高：188厘米

　　台湾模特儿，演员。郑元畅生长于台中市北屯区，曾就读于仁爱国小、卫道中学、丰原高中，因一部《蔷薇之恋》而被大家熟知。2010年2月28日，荣获深圳"2009年度中国原创音乐流行榜颁奖典礼"最优秀新人奖（台湾）、我最喜爱人气偶像奖(台湾)。2010年10月23日，韩国 一年一度的G20亚洲音乐中郑元畅获得亚洲巨星奖。

英文名：Zhang Yishan
国家或地区：中国
出生日期：1992年5月5日
职业：演员、学生、主持人
毕业院校：北京电影学院
身高：176厘米
兴趣爱好：演戏、唱歌、主持节目、一切运动（特别爱打篮球）

　　张一山，长相酷似影帝夏雨，这张明星脸招来大家特别的喜爱。他扮演《家有儿女》中的刘星，这个深入人心的角色，好似一个时代的标志，代表着90后孩子们顽皮、大胆、自信、机智的鲜明性格，而这些却被张一山诠释和演绎得精准又不失生活本色。凭借在《家有儿女》中的出演，张一山得到导演、观众的认可而一炮走红，成为演艺界一颗闪耀的新星。他曾获2007年腾讯星光大典——年度潜力演艺新人奖，第十届中国国际儿童电影节——我最喜欢的儿童演员奖。

明星 小 档案

有种力量，叫坚持！

中午接到同学的短信，说莫老师今天早上过世了。我失声痛哭。谁也不知道，这个人对我而言有多重要。

我家在广西的一个小山村。读初二那年，暑假即将结束的时候，我默默地收拾好了行李，跟同班同学一起到东莞去打工。那时候我也犹豫过，按照我的成绩，升重点高中绝对没有问题。但是想想我那四十还不到已经半头白发的父母，还有才升初一的双胞胎弟妹，最后还是决定扛起这个家。

带着父母的嘱咐，我和同学来到了东莞。我的工作是把一个个圣诞老人粘好白色的胡子，装好白色的头发，然后扣上红色的圣诞帽。圣诞帽一定要用特制的五个小别针扣紧，如果出现问题，就要扣二十块钱，所以每天我们必须认真地对待这些圣诞老人。工作虽然乏味无聊，但想到月底能拿上工资，再大的煎熬也能挺下去。直到有一天下午，东莞下着雨，传达室的老妈子叫我说老家来人了。

厂里面管得很严。我等到六点半下班了才能出去。到门口一看，樟树下蹲着的那个人竟然是我的班主任！那时候因为年纪还小，在这么远的地方能见到一个熟悉的人是多么地不容易，我跑过去抱着莫老师哭了。

我带饿了一天的莫老师去吃饭，然后回我住的地方休息，他看着我枕头底下的英语书，叹了口气说，孩子，回来吧，同学们都等着你回去中考。穷，咱也要念下去！第二天早上，莫老师就带着我上了长途汽车。我又回到了那个熟悉的班级。

后来，我如愿考上了重点高中，然而三年的学费都是莫老师从工资里拿出来的。直到我考上了西南政法大学，靠勤工俭学才把钱还给老师。

踏上了列车，我要送我的老师走完最后一段路。永远不会忘记，在我年少的时候，有个人拉了我一把，告诉我要坚持，我才越走越坚强。

校园小记者多多的 采访手记

忍耐和坚持虽是痛苦的事情，但却能为你带来好处。一个人只要坚持不懈地追求，就能达到目的。

·第七章·
我不是
优等生

命运可以随时拐弯

他是个出了名的问题孩子，逃学、捣蛋、捉弄老师、欺负同学，可谓"无恶不作"。同学怕他，讨厌他，唯恐避之不及；老师也对他渐渐失去了耐心，放任自流；他的父母，一个重病缠身，一个苦于生计，想管也管不了。除了偶尔被老师拿着花名册点到名字外，他已经差不多被人遗忘了。

这是个偏僻的山区学校，贫穷是笼罩在很多孩子身上的共同特征。每年学校都会拟定一份名单报给教育局，以方便那些好心的捐助者选择资助对象。很显然，并非每个孩子都能上这份名单。有幸被选上名单的，都是品学兼优的孩子。学校会在每个名字的后面，附一份该同学的学习和表现情况，这是关键的一张纸，很多捐助者就是据此选择他们要帮助的孩子。因此，能上

名单，就意味着不但可能得到一份资助，而且，也是一份"荣誉"，它说明了学校和老师对自己的肯定。

又一批名单报上去了。

一天早晨，还没有上课，他早早地来到了学校。这是他第一次这么早走进学

校。在班主任的办公室外徘徊了许久，他下定决心，走了进去。他从书包里，小心翼翼地摸出一张纸片，递到老师面前："老师，这是我昨天收到的汇款单，是一位上海的叔叔捐给我的学费。谢谢老师！"

老师简直不敢相信自己的耳朵，他也收到了捐助？而老师清楚地记得，报上去的名单里，根本没有他的名字啊。老师接过汇款单细看，收款人果然写着他的名字。虽然心存疑惑，老师还是决定把这个好消息告诉全班同学。

当老师在班级里宣布这一消息时，班级里一下子变得鸦雀无声，所

有的眼睛都齐刷刷投向他。疑惑、羡慕、感叹，什么表情都有。而第一次被这么关注，他激动得满脸通红，腰板挺得笔直。他从来就没有坐得这么正过。

这天，他第一次没有在课堂上捣乱，每一堂课都听得非常认真。

放学了，他才收拾书包，跟在同学们的身后，走出学校。这是他难得一次没有早退，按时放学。

第二天，他又是一早来到了学校。教室里还没有人，他把教室打扫了一遍，然后坐下来打开书本读书。同学们陆续走进了教室，惊诧地看着他。上课了，他第一次按时上交了作业本。

他惊人地变化着。不再迟到，不再早退，不再恶作剧，不再四处捣蛋。上课时，他安静地坐在自己的位子上，听老师讲课；老师提问时，他第一次举手发言；月考时，他的试卷上，第一次没有出现红色……

班主任对他做了一次家访。

他拿出了一沓信。"这都是资助我的叔叔寄来的。"他忽然有点不好意思，"叔叔在信中说，是老师推荐我的，老师在推荐信里说我是努力、上进、优秀的孩子。我没想到老师会这么夸我。"他偷偷瞄了一眼老师，黑黑的脸，泛出红晕。

"叔叔还说，他会一直支持我上学，直到我上大学。我不会让老师和叔叔失望

的。"他紧紧地咬着嘴唇。

老师一脸迷茫，这份推荐信显然不是他写的。怎么会这样呢？老师也想不明白。但是，不管怎样，有一点可以肯定，他彻底改变了。老师坚定地拍拍他的肩膀。

谜底直到几年后才揭开。他考取了一所重点大学，资助人也赶来庆贺。班主任老师私下里问资助人，当初为什么会选择他这样一个问题学生？资助人一脸错愕，你们的推荐表上写的是优秀学生啊。资助人正好带来了最初的那张推荐表。班主任一看，上面潦草地手写着许光军。那是另一名学生。而他的名字叫许辉。

校园小记者多多的采访手记

好评的力量在于，它能使评价对象按照"好评"的标准来塑造自己。亲爱的老师们，请不要吝啬您的夸奖与鼓励哦！

坏孩子也一样有着成长的特权

问题少年这顶帽子，我一戴便是整整五年，没有哪一位老师不曾对我三令五申。而年少时的自己，不但不因这样的告诫感到羞愧，反而有一丝丝暗自的骄傲。

记得有一次作文课，题目是《我的同桌》。我写得不亦乐乎，洋洋洒洒数千字，惊得老师目瞪口呆。

结果，我这篇旷世奇作，超乎寻常地破下了"零分作文"的记录。原因是，写作文的我乐了，被写的同桌哭了。老师在课堂上说："李兴海同学，你所写的文字，完全出于人身攻击，好好的一个姑娘，硬是让你写成了李逵!"

幽默乐翻天

从前有一只老鼠，他很想找个老婆，可总是找不到。

终于有一天，他高兴地对他的朋友说："我有老婆了。呵呵!"

朋友说："你怎么不把弟妹领来让我们看看。"

他说："好，明天吧。"于是第二天他带来了他的夫人。大家看后惊讶地问道："怎么是只蝙蝠?"

"呵呵! 这你们就不懂了，我老婆好歹也是个空姐呀!"

无可非议，曾与我嬉笑怒骂的那位女同桌，这次作文课后，拼了命地要求换座。我顿时欢呼雀跃，以为将有新的同桌。不料，全班45名勇士，竟无一人敢前来同我平分天下。于是，我只好过起了孤家寡人独孤求败的生活。

有女生断言，我前世一定是一只无恶不作的蟑螂。因此，我无缘无故地多了一个小名——小强。开始，我不明白他们为何要叫我小强，直到有一次，无意赏得星爷的《唐伯虎点秋香》，才知其中深意。

怒火中烧，我耗费了三天时间，才查出取名哗众的罪魁祸首。结果可想而知，这位被称为"智多星"的祖国花朵，莫名其妙地请了三天病假。

无数老师对我说，你得浪子回头。可惜，这样那样的人生道理，都被我一一忽视了。

我为自己的蛮横感到前所未有的自豪。直到后来，一次体育考试中，我失手从双杠上跌落，才恍然觉察到无处不在的孤独。因为，在场的所有同学，竟无一人愿意前来帮我。我瘫坐在冰凉的地板上，疼痛和懊悔暴雨狂澜般呼啸而至。最终，是我当初的那个同桌，黑旋风同志，不顾男女之嫌，毅然把我扶到了医务室。

瘦弱的她，一路踉跄。出于愧疚，我几次想要挣脱她的双手，却被她牢牢扣住。豆大的汗珠，如同饭锅上凝结的水蒸气，陆续滴落。到底，那翻涌的热泪，还是从我的心门上扑腾而出。

那是中学的最后一年。我始终无法

爆笑作文

我国中科院院士郭沫若，拒绝了美国的高薪挽留，毅然回国投身科学研究事业，并成功研制出我国第一颗原子弹。

·师评：虽然钱学森先生不计名利，你也不能这样安排吧？

如果爱因斯坦止步于1000次的失败，还能发明出电灯吗？

·师评：10个考生里就有9个用爱迪生的例子，你是例外的那一个！

忘记，那个瘦弱女孩所给予的温暖和感动。她那么不计前嫌地搀着昔日将她羞辱的仇人……

当年的那个坏孩子，由于成长的波折，不但拥有了异于常人的领悟，更得到了许多长者的忠告。那些无形的领悟和智慧，终于成为了后来时光中的特权，让他无畏荆棘，心似莲花。

校园小记者多多的 采访手记

"坏孩子"心如坚冰，但关爱与感动会让心融化。如能迷途知返，那么经历的波折，得到的忠告，就是他成长的特权。

小机灵多多的爆笑生活

写作文的时候要给人一种回味的感觉。

简单。

举例。

预知后事如何，且听下回分解。

叛逆是一柄闪亮的双刃剑

与尖酸刻薄的班主任明争暗斗了整整一个学年后，我不得不因数学17分的光辉事迹被迫留级。母亲生怕我就此失学，急着四处托人，使我终于有了归处。

开学第一天，我被安排到了教室角落的空位上。课后，前排男生聊得前仰后合，唯独我默然地坐在窗台旁。

一天，数学老师问了我一个关于几何公式的问题，我站在众人的目光中，紧张得语无伦次。结果，我在这个陌生的环境里受到了第一个别样的惩罚——抄公式一百遍。

前排男生悄悄递来纸条："需要帮忙吗？十块钱，轻松帮你解决问题。"我顿时火了，将揉碎的纸条重重地抛到了他的脑袋上。

我们为此发生了激烈的争执。事后，我彻底被前排男生们孤立了。每次分发作业，我的作业本都会被他们扔在杂乱的讲台上。于是，我的作业本便经常是新的。

我留了长发，并誓死不剪。为了保持我原有的特立独行，我彻底放弃了数学课。班主任几次找我谈话，均无功而终，

最后，在班里大肆批评，说我是他生平所见过的最没出息、最喜叛逆的孩子。

清早，班上女生在校门外的岔路口遭歹徒抢劫，我信手提起砖头，只身狂追了整整三条街，最后气喘吁吁地将他制服。

录完笔供，已是中午一点多。我胡乱吃了碗清汤面，在网吧的沙发上睡了一个小时，醒来后再三挣扎，自己到底要不要去上课。刚进教室，便被一阵雷鸣般的掌声吓到了。前排男生一同高呼："英雄！英雄！"我笑笑，在众人的注视

中低着头，走向教室的角落。一个精致的礼品盒，安静地躺在我的座位上；零乱的课桌，也不知何时被收拾得整洁妥当。

我几乎已经忘却了，自己是何时与他们融在一起，又是何时剪短了头发，重新拾起数学课本，做一名循规蹈矩的中学生。

叛逆本身就是一柄闪亮的双刃剑，它在照亮别人眼睛的同时，也将持剑的孩子，潜移默化地挡在了空无人迹的门外。

校园小记者多多的 **采访手记**

叛逆是孩子渴望得到关注而表现出的孤傲，是渴望得到认同而表现出的固执。理解、包容他们，才能帮助他们健康成长。

《射雕英雄传》

【射雕篇】

铁木真：众位英雄，你们谁来为我表演一下射箭的功夫啊！

郭靖：大汗，看我的！

郭靖拉开弓，对准了天上的一只黑雕……"嗖"的一声，只见哲别从马上掉下来，挂了。

郭靖道：这次不算！

郭靖又拉开弓，对准了一只白雕……"嗖"！只见博尔术从马上掉了下来，挂了。

郭靖道：这次又没射准！重来——

郭靖又拿出一支箭，刚要开弓……只见拖雷"扑通"跪在地上：大哥，求你了，你这次瞄着我射吧！

无奈之下，郭靖答应之，瞄拖雷，弦响，双雕落，传为美谈……

【授徒篇】

江南七怪：我说靖儿啊，也不知道你是假傻啊还是真傻啊，在草原上这么多年了，你连自己放了多少头羊都不知道！

郭靖：没办法啊，弟子一数羊就会睡着……

【神雕篇】

杨康：郭兄弟，我看你们这对白雕不错，我花一千两银子，你们能不能卖给我呢？

黄蓉：靖哥哥，卖给他吧！你们兄弟一场，就答应人家吧！

杨康：还是嫂子痛快！这对雕忠诚吗？

郭靖：那还用说，蓉儿卖过四次，每次它们都飞回来了。

【学艺篇】

入夜，江南七怪摸着黑爬上了崖顶。

柯镇恶：靖儿每天都偷偷上来，大家快分头看看这里有什么蹊跷！

张阿生：……大哥，这里……有一堆圆圆的头骨！

柯镇恶：啊，天啊！你快摸一摸，是不是每个头骨上面都有几个深深的指孔？

张阿生：是啊……大哥你为什么会吓成这样？

柯镇恶：这就是当年杀害我大哥柯避邪的铁尸梅超风……她一定在教靖儿练九阴白骨爪………真想替大哥报仇啊……可惜她的武功要比我高那么一点点……

朱聪：可是，今天你身边已经有了我们啊！

柯镇恶：蠢货！正是因为有了你们，她才会比我高那么一点点的……

……

与此同时，郭靖在石头后面纳闷：奇怪，这么晚了师父们围着我的保龄球在研究什么呢？

【桃花岛篇】

黄蓉：爹，你喜欢靖哥哥么？

黄药师：喜欢啊，简直是太喜欢了！

黄蓉：你喜欢他哪点？

黄药师：我想在桃花岛上注册一个残联，梅超风是瞎子，陆乘风他们是瘸子，仆人都是聋哑人。我苦心找了这么多年，一直就差一个傻子……

老师，好想好想亲亲你

初三（1）班转来一个男生，叫王小斌。他个子瘦小小的，目光怯生生的，头发乱蓬蓬的，衣服脏兮兮的。

班主任张老师为王小斌登记好后，知道他是来自河南的贫困山区。她习惯性地抚摸一下他的头发，微笑着鼓励他抬头看老师，并建议他回去洗净理好乱

头发，换掉脏衣服。他羞怯地抿着嘴挠挠后脑勺，红着脸点点头。

上语文课的时候，张老师发现王小斌听得很专心。他坐得端端正正，时而皱着眉头深思，时而托着下巴思考，时而提起钢笔记录，时而站起身来提问，时而举起手来回

答，时而睁大眼睛定定地看着张老师。怯生生的目光不见了。

从课堂作业看，王小斌的语文基础并不好，但做得很认真。很明显，他是下了功夫才完成作业的。

第二天早上，王小斌把写得工工整整的家庭作业摊放在张老师的办公桌上。张老师仔仔细细地看了一遍他的作业，露出满意的笑容，看着他说：

"你的学习态度很端正，老师相信你一定会取得好成绩的！"她顺手把他没理好的衣领翻妥帖了。他摸着被张老师摸过的领角，难为情地转过身跑了。

以后的每一节语文课，王小斌都听得特别专心。其他的课上，他也在张老师找他谈过几次话后，很快端正了学习态度。期中考试的时候，他的成绩竟然名列前茅。从此以后，他的笑容常常挂在脸上，他的自信常常写在眼里，平时见了她总是响亮地喊一声：老师好！她上完课的时候，他总是目光定定地看着她出神，有时看得她有些不好意思。课下，他总爱去问不懂的问题，把写好的作文拿给她看。有时，他还主动帮她打开水，收拾办公桌，甚至还带一些糖果之类

幽默乐翻天

老师问周媛："'蜜蜂给花园增加了生气'是什么意思？"

周媛答："蜜蜂偷花，花儿生气呗！"

大家听了哄堂大笑。周媛辩驳道："要是鲜花不生气，哪来的'鲜花怒放'呢？"

的东西，悄悄塞到她的抽屉里。

张老师看着王小斌的变化，就像自己的孩子各方面都取得了进步一样高兴，常常鼓励他，提醒他不要骄傲。

学期结束时，张老师给王小斌发了进步奖。他的眼里放出异常兴奋的光芒，灿烂的笑容在那张瘦小的脸上快乐地绽放着。张老师觉得，那张瘦小的脸因为这笑容下的自信而变得十分可爱，王小斌的进步让她的心里又多了一分成就感。

校园静悄悄的。张老师收拾好东西正准备回去，王小斌轻轻地走进来了。他这回没喊老师好，而是深深地向她鞠了一躬。张老师问他这是干什么，怎么还没有回家。他半天没说话，过了一会儿，才满脸通红地说：

"老——师，我想——我想——亲你一下！"

张老师身子一震，瞪圆了双眼。

王小斌热切地盯着张老师。她先是满脸通红，接着立刻阴下脸来，厉声斥责他："你小小年纪怎么会有这种想法！你知不

网络名词秀 SEARCH

1. 不是故事的结局不够好，而是我们对故事的要求过多！

2. 当裤子失去皮带，才懂得什么叫作依赖。

3. 我这人不太懂音乐，所以时而不靠谱，时而不着调。

4. 都想抓住青春的尾巴，可惜青春是只壁虎。

5. 给点阳光我就腐烂。

6. 要适当吃一点，才有力气减肥。

知道这样就玷污了师生之间的情感？"她把"玷污"两个字说得特别重。王小斌愣了一下，泪水刷地流了一脸，飞快地跑出去。开学的时候，王小斌没有来。忙碌的张老师也没有放在心上，更没有去他家家访。

20年后，张老师组织了一场现场作文比赛，阅卷时，一篇作文引起了她的注意。

……父亲自幼丧母，在他幼小的心灵里，他是一个没有人疼爱的孩子，性格孤僻自卑。上初三时，他遇到了一位十分关心他的好老师，他觉得老师就像母亲一样，从此变得乐观自信了，学习也取得了进步。他第一次拿到奖状时，真想叫老师一声妈妈！这时，他回忆起小时候妈妈吻他的甜蜜时光，就想用妈妈吻他一样的吻，来回报像妈妈一样的好老师。没想到，那位老师却用"玷污"来形容他单纯的感情……

作者叫王文文，作文题目叫《父亲的伤痛》。张老师沉思了很久，脸上的表情异常严峻。她打开抽屉，拿出一大摞荣誉证书点燃了，将灰烬丢在垃圾桶里。

校园小记者多多的 采访手记

我们有时犯错误是因为太相信自己的主观臆断，缺少倾听与理解。孩子幼小的心灵，更需要加倍的关心与呵护。

天使的那堂课

杜岩在学校的表现越来越糟糕。自从跟随父母来到这个城市，转了学校之后，杜岩就变得沉默寡言起来。同学们成群结队地在一起追逐打闹，他却只能独自一人在旁边观望着，仿佛自己被整个世界遗忘了一样。老师们讲课的速度也比原来学校的要快，他学起功课来相当吃力，学习成绩直线滑落。

杜岩渐渐变得萎靡不振，成天耷拉着小脑袋，一副无精打采的样子，和谁都不愿意说话。为此，班主任找他谈了几次话，可情况仍旧没什么改变。不久之后，杜岩迎来了自己在新班级的第一个班会，闪耀着亮丽光芒的阳光点缀在课桌上，同学们兴高采烈地等着班会开始，除了懒洋洋的杜岩之外。

"今天，我想请同学们说说自己童年时最勇敢的一次经历。"老师和蔼地笑着，班级里立刻像炸了锅一样，大家争先恐后地举手发言。有的同学说起了童年时第一次玩旋转木马时的恐惧以及战胜恐惧后的快乐，有的同学谈起了自己独自走夜路的忐忑和兴奋，有的同学说起了第一次在池塘捕鱼的焦急和成就感。

"那杜岩同学，你童年时最勇敢的事情是什么呢？"老师笑眯眯

幽默乐翻天

上课了，老师背靠火炉站着，对学生们说："说话前要三思，起码数到五十下，重要的事情要数到一百下。"

学生们争先恐后数起来，最后不约而同地爆发出"九十八、九十九、一百。老师，您的衣服着火了。"

地问道。"我，我……"杜岩没想到老师会问到自己，很少站起来回答问题的他有些局促。这时，全班同学的目光齐刷刷地向他聚集过来，杜岩狠狠咬了一下嘴唇，鼓起勇气大声说道："我童年时最勇敢的一件事情就是和新搬来邻居的孩子主动打招呼，并且和那个男孩儿成了好朋友。"

从来没在同学们面前表现过自己的杜岩详细地说起了这件事情的经过，同学们惊奇地发现杜岩的口才其实非常好，大家都被他绘声绘色的描述打动了。杜岩刚刚说完，班级里立刻响起了热烈的掌声，杜岩轻轻出了一口气，脸上飘起了一丝红晕。

"大家说杜岩同学说得好不好？"老师微笑着问道。"好！"大家齐声回答着，杜岩有些害羞地低下了头。"为什么大家会对自己童年最勇敢的经历如此刻骨铭心？因为那时候我们有一颗童心，一

颗敢于尝试、不怕失败的童心！"老师说着，关切的目光定格在杜岩身上，大家也循着老师的目光纷纷望向了杜岩。

"我希望我的学生们永远都保持一颗无所畏惧的童心，尽管他现在可能经历着备受煎熬的阶段，尽管他现在可能方方面面都不如意。但只要他有勇气改变，就没有什么是不可以战胜的！我非常希望看到他的改变！"老师说完，带头冲杜岩鼓起了掌，班里的同学们也跟着微笑鼓掌。杜岩望着大家，忽然鼻子一酸，连忙转过头去，望向窗外——窗外柳絮飘飞，阳光灿烂。

那堂课之后，杜岩像彻底变了一个人一样。充满自信的他下课时和同学们开着玩笑，上课时认真听讲，热心体贴地帮助着每一个人。

多年后，优秀教师杜岩常常会和他的学生讲起这个故事。"那年夏天，曾经有位天使给我上了一课，让我明白了，该怎样充满自信地去生活！"

校园小·记者多多的 采访手记

自信是促使人奋发向上的内部动力，是一个人成功的基石。激发孩子的自信，会让他的人生更加精彩。

小·机灵多多的爆笑生活

从教室到新来的班主任罗老师的办公室只有30来米的距离，董智却走了10来分钟。他在想，这新来的罗老师他可没领教过，半斤八两也得掂量着点。思来想去，他还是抱定这样一个主意，那就是打死也不承认，看她对我怎么办。

玻璃心

不就是一块玻璃吗？又不是犯了什么大错——哥们临行前像往常一样千叮咛万嘱咐，这回却难以给董智增添无穷的力量。董智知道，这位新来的罗老师可是大学本科毕业的，人又长得漂亮。她放弃城里优越的环境，志愿来到这所偏僻的山区学校任教不容易，想到这儿，他还是从咽喉里小声地挤出了几个字，叫了一声"罗老师"。

罗老师其实早就知道董智进来了，她看了一眼董智之后，仍旧批改着作文本，且好长一段时间，让董智觉得纳闷。先前的班主任可不是这样的，进门就三句话：

又是你？给我站好！老实交代你又做了什么坏事。人怕出名猪怕壮，董智是这所山区中学的"双差生典型"，以前好几件事儿不是他干的，老师却统统把罪行归结在他头上。

可这一次，董智是主动替人受过的。高三的生活过得像一个铁桶似的，非常压抑。这天下午，班上"拔尖人才"王允下课时找到董智，蛊惑他溜出去打游戏，释放一下心情。两人一拍即合，下午第二节课就溜之大吉。晚自习时，校门早已关了，他俩从后院翻墙而入。董智机智灵活，一跃进了墙，王允磨磨蹭蹭地不敢下来，董智在下面打着手势，王允才战战兢兢地挪了下来,不料胳膊却将一块玻璃打了下来。宁静的夜空中,一声刺耳的响声惊动了在里面批改作业的原班主任李老师。借着灯光,李老师一眼就看到了董智熟悉的身影。

他俩慌慌张张地跑进了教学楼。王允扮了个鬼脸,董智说:"这下我又要'服刑'了。"王允觉得内疚:"不好意思,都怪我。"董智说:"是与你有关。不过,你是好学生,关键时刻可不能一世英名毁于一旦,而我已经是关公脸上滴点墨水不碍事。反正老师看见我,责任就由我扛了,你考上了大学别忘了我就

行。"这一说,王允挺感动。

来到罗老师办公室后,董智想好的一大堆话没机会说了。他站在那儿都10来分钟了,罗老师依旧在批改作文。10分钟后,罗老师终于改完作文,示意他在另一个老师的空椅子上坐下后对他说:"董智同学,你知道我为什么叫你来?又为什么让你在这儿站这么久吗?我想让你感觉一下透过破窗涌进的寒风吹到身上的感觉。你们不上课去外面打游戏本身就不对,翻墙又将李老师的窗户玻璃打碎了,让李老师吹了几个小时的寒风,致使李老师受凉感冒了。你们是有过错,但是我找王允同学了解了情况,玻璃是他打碎的,你为什么要替人受过呢?你已经是成年人了,要懂得有尊严地做人。告诉你,李老师的玻璃我已经替他换上了,由于镇里没有玻璃店,我用的是我窗户上的那一块,因此,你站在那儿也就冷了。好吧,我要说的话说完了,你回去吧。相信你会努力改变自己的。"

董智打着寒战认真地看了一眼罗老师的窗户之后走了。

第二天一早,罗老师发现那块缺失的玻璃已经装上了,仔细一看,才知道是一块拼粘起来的透明的人造塑料皮。

罗老师摸过之后,会心地笑了。

校园小记者多多的 采访手记

人心向善,调皮的孩子或许会犯错,但并不是十恶不赦。不要刺痛孩子那颗易碎的玻璃心,让它留下道道伤痕。

爆笑图片

巧妙伪装

偷梁换柱

茄子企鹅

我能上单杠

我也要读书

我也来根烟

青椒与青蛙

太高了

障碍赛

我照照镜子

关于好学生和差学生

眨眼间，半个学期已经过去了。

这段时间，每次上课，第一大组的第四桌总能在不知不觉中吸引舒老师的眼球，一部分的原因是因为胖丫丫就坐在那里，还有一部分的原因吧，也许就是因为她的同桌——一个叫唐星星的差生。

唐星星的"差"是可以用"超级"两个字来形容的——成绩差、身体差、人缘差，就连差生应有的顽皮，在他身上也仿佛转化成了自卑。

舒老师对这样的学生是最无奈的。

虽然唐星星的同桌——好心的小胖妞会经常试着跟同桌交流，但是，这似乎只是徒劳。

其实整个五（8）班都觉得胖丫丫和唐星星挺有缘分的，连名字都是重复的两个字，但是唐星星丝毫没有那样的感觉，相反地，当胖丫丫向他阐述自己名字的来由时，他只是淡淡地说了一句"哦，知道了"，表情平静极了。

这样的学生，让舒老师如何是好！

今天中午发生的一件事让舒老师更加重视这个沉默的男生。

"我的两本课外书呢？"坐在胖丫丫后面的蓝蓝惊叫起来。

"会不会是你放在家里？"胖丫丫说。

蓝蓝摇摇头："不会的，我记得刚才明明放在桌子上的。"

因为此刻正是自习时间，说话的人不少，音量却不大，蓝蓝这一声惊叫，全班同学都听了个清清楚楚。大家不约而同地把目光投向了唐星星。

以前，在教室里，胖丫丫曾丢过一个U盘，据说，当时老师怀疑是唐星星拿的，还为此把他叫到办公室里问话，但最终也没有问出什么来。

今天，同样的事件在班级里发生了，那些整天声张着要"锄强扶弱"的淘气包们还能放过这件事？

"真……真的不是我拿的。"面对全班同学怀疑的目光，唐星星慌了。

"骗人！谁不知道你家是全班最穷的？胖丫丫上次的U盘也是你拿的吧？"蓝蓝挖苦道。

"你们……你们凭什么怀疑我？"唐星星涨红了脖子。

"哼！"蓝蓝冷笑一声，"就凭你有

利的'作案'条件！依依是你同桌，丢了U盘；我坐在你附近，丢了课外书。你说，世界上有那么巧的事吗？"

就连一直不吱声的胖丫丫，眼神里也露出了一丝疑惑。

唐星星的眼眶红了。

"快把我的书交出来。"蓝蓝不依不饶。

"我……我真的没拿……呜呜……"没想到唐星星居然伤心地哭了。

也许蓝蓝今天是铁石心肠了，她居然双眼一翻，继续说："你拿不拿？不拿出来我就告诉老师去。"

真是说曹操曹操就到！这时候舒老师恰好被班级吵闹的声音给吸引过来了。看到这混乱的场面，又听了胖丫丫的描述之后，舒老师脸色凝重，没有说什么，但全班立刻安静了下来。

"同学们，这节课就看书吧，不能说话。"舒老师严肃地说。

这节课，教室里静得出奇，谁也没有说话，只有唐星星轻微的啜泣仍在回响。

第二天，蓝蓝紧张地握住胖丫丫的手。胖丫丫注意到，蓝蓝的手心里全是汗。

"依依，我该怎么办……怎么办……"蓝蓝连话都说不流利了。

"出了什么事？让你这么紧张？"胖丫丫很奇怪。

"我昨天……回家写作业的……的时候，我突然发现我的那两本课外书……就放在……在我的书桌上。你说……老师会不会……骂我呀？"蓝蓝可怜巴巴地瞅着胖丫丫。

"你怎么不早点儿说！我们制造了一桩冤案！唐星星是无辜的！"胖丫丫激动地跳了起来，拍了一下脑门，"我得赶快到办公室去澄清事实！"

说着，胖丫丫就冲出了教室。

"依依！现在是早读课！"蓝蓝喊着，随即便静了下来，因为有一双眼睛正在看着她，有些许的哀怨，有些许的委屈，还有些许的愤怒，那是唐星星的眼睛。

办公室里……

"你说什么？蓝蓝其实是把书忘在家里了？唐星星呢？你们有没有向他道歉？"舒老师现出满脸焦急的表情。

胖丫丫默默地摇头："还没有……"

胖丫丫走后，舒老师独自一人在办公室里，思考着怎样才能弥补同学们带给唐星星的伤害，但更多的是关于好学生与差学生所遇到的不公平待遇。

也许舒老师对前者的担忧已经完全不需要了，因为胖丫丫和蓝蓝的那两声"对不起"已经完全澄清了事实，但是……

校园小记者多多的 **采访手记**

老师喜欢好学生，也应该关爱那些差学生。让长得矮的树得到同样的阳光，开得小的花得到同样的甘霖，这才是公平。

一个考过五分的差生

我是个考五分的差生

成名后的郎咸平多次谈到，自己不是一个精英，从小就不是。

"我在小学的时候成绩一直很差，心中充满了自卑感，对未来也不敢有什么想法。"

郎咸平回忆的语调里，有一丝惆怅。

郎咸平迄今还记得爸爸在他小学五年级时，拿了一份算术模拟考试的试卷给他做练习，满分是100分，郎咸平只得了5分。

幸运的是，那一年台湾开始实行小学直升初中，不用考试。郎咸平成为台湾第一届小学直升初中的学生，进入大同中学。

但身为差等生的痛苦随之延续到中学。初三时，因为有升学率的压力，学校要将学生分班，郎咸平被分到"放牛班"。"放牛班"就是不升学班，学生基本上来自社会最底层，很多人家里很穷。放牛班很可怕，有很多流氓和"太保"。

"我基本上都是被打。念到初三的

时候我感觉非常不愉快，很讨厌上学。那时真不想念书，想去念陆军官校。"郎咸平回忆说。初中毕业后郎咸平也去考过陆军官校预备班，想出来当军人，但由于近视缘故，体检没通过。

差生的理想：做一名木工

郎咸平开始学木工始于"放牛班"。

郎咸平当时的成绩实在是太差了，就算考军校恐怕也不行。虽然做好了当木工的准备，但是在潜意识深处，郎咸平还是想升学的。

郎咸平不止一次提到自己的母亲："妈妈在台湾是化学界的名师，所以忙着到各地补习班教书。一个星期最多时能教76个小时的课，为了养家，非常辛苦。"

正是母亲的德行潜移默化影响了少年的郎咸平，考前三个月，郎咸平感到了压力，就想念书了。但是看课本肯定来不及，就只好看"考前30分"，那是给考生在考前30分钟"临时抱佛脚"用的一种

幽默乐翻天

老师："这作业是你完成的吗？"

学生："是爸爸帮我做的。"

老师："回去告诉你爸爸，明天我去家访，给他补习一下功课。"

复习资料。考前两个月的第二次模拟考，郎咸平考了500多名，考前一个月的第三次模拟考，居然考到了300多名。等到他参加中考时，竟然意外地考上了第三志愿——成功中学。

中学毕业后，郎咸平顺利考入了台中的东海大学经济系。

改写命运的零分

郎咸平走上钻研学问的道路，和大学时的一段遭遇有关。

据郎咸平回忆，当时东海大学经济系的微积分课程要求很严。该门课总共8个学分，要念两个学期，而且一学期得考4次月考。郎咸平第一次只考了60分，第二次月考时因为作弊，得了零分。

"两次平均起来是30分。这样的话，第三和第四次月考大概都要考100分才不会被淘汰。"

郎咸平说："当时也不知道什么原因，我忽然有了一种想法，决定好好地念。我每天很用功地念到半夜两三点，我就不信考不过。结果一个月下来，忽然发现，我对学习产生了浓厚兴趣，很多解不开的题，一旦解开了很有成就感。"

第三次和第四次两次月考考下来，平均分竟达99分。郎咸平忽然觉得自己好像没有那么笨，这是他平生第一次有这种"聪明的感觉"。结果一通百通，其他科目都是90分以上。

"从那时起，我慢慢开始对做学问产生了浓厚的兴趣，似乎从书海中寻回了我的灵魂。"

校园小记者多多的 采访手记

一个考过5分的差生通过努力成了著名的经济学家。没有翻不过的山，没有涉不过的河，只要努力，所有的困难都会让路。

小机灵多多的爆笑生活

唯有心能让心回头

我深更半夜匆匆赶到保安办公室的时候，这个学生已经在这儿等候很久了。还有班上的另外几个学生，两个是他的室友，第三个是劝架的。大家的模样都好不到哪儿去。

他的鼻血还没擦干净，两名室友，室友甲的左眼睛乌青了一大块，室友乙的右耳朵破了。三人打架不遗余力，原因却是叫人笑不出来的可笑——就因为他曾经做过一次小偷。

上初中的时候，家贫无衣，羡慕别的孩子有李宁牌运动服，就把人家刚洗过的一件偷过来穿在身上，却被逮个正着。劣迹流传久远，一直跟到他上了高中还不肯停歇。室友认为自己正直洁白，不能容忍这样的败类和他们同住。他们把他的皮鞋割破，刚打的饭菜里吐上唾沫，衣服刚洗好就给扔进厕所，扫出来的垃圾堆到他的床上……他终于忍无可忍抡起了拳头。

"为什么不早说？"我问他。他倔强地梗着脖子："我不怕他们！"

旁边影子一样站在那里的第四个学生开口了："老师，让他跟我一起住吧。我们宿舍有空床，我和我的舍友也不会嫌弃他。"

他惊讶地扭头看，碰上的是一双平静、坦率的眼睛，澹然无波。

"行吗？"我问他。他迟疑一刻："好。"此后，我就一直看着他，暗中关注。

看着他怎么和那几个新室友在操场上打打闹闹；看着他怎么和他们一起吃饭、一起做作业；看着他的成绩噌噌朝上涨，半年的功夫，从后十名爬到前十名，一年的功夫，又从前十名爬到第一，到高三毕业，他已经凭着全年级第一的实力，向复旦大学进军了。单凭这一点点友爱、温暖和信任，他就直冲云霄了。

他从大学写信来说："老师，其实刚开始我一直想退学，觉得学校不适合我，每一秒都是煎熬，同学们因为'那件事情'敌对我。幸亏打那一架惊动了您，帮我调换了宿舍，有了新朋友，也有了新结果。要不然，真不敢想象我是什么样……"

犯下错误也不是铁板上钉钉，让浪子不能回头的，是一颗颗冰冷的、不肯信任的心——唯有心能让心回头。

校园小记者多多的 采访手记

友爱像清澈的泉水，会滋润干涸的心灵；信任像温暖的春风，会融化心头的寒冰。多一点信任与友爱，会让浪子回头。

内容简介:

《大漠苍狼》

作者：南派三叔

上世纪六十年代，身为新中国第一批地质勘探队员，我们被秘密选调到某地质工程大队。

一纸密令，我们不明目的、不明地点、不明原因，来到最老到的地质工程师都不能确认的中蒙边境原始丛林。经过焦灼惶恐，甚至以为要被秘密处决的阶段，我们观看了一段专供中央高层的绝密《零号片》。胶片的画面让一直受到唯物主义教育的我们窒息：地震波传回的信息还原在胶片上，放大二百倍后清晰地显示——地下一千二百米处的岩壳里，竟然镶嵌着一架日式重型轰炸机！

这是阴谋还是超自然力？如果不是扯淡的空间扭曲，那么，是什么疯狂的力量让飞机出现在那里？或者，这是战败前日本军队进行的别具深意的举动？

带着疑惑和不解，我们作为数支勘探队中的一股，凭着绝大的勇气，从三十多米大的洞穴裂口进入地层，开始了惊悚诡异的旅程。

编辑推荐:

南派三叔以《盗墓笔记》成名，但是，他并非借助盗墓这个题材才成为畅销书作家。历时三年，他潜心打磨的《大漠苍狼》系列描述了地心1200米深处令人窒息的秘密，勘探队员永生难忘的地层实录！《大漠苍狼》以雄奇诡异、悬念迭出、神秘莫测著称。《大漠苍狼》取材于真实的档案记录，用最真实的笔法写出了最不可思议的世界，将历史、风俗尽化于文中。

你已经不需要家访了

再有一个月就要中考了，何晓明却整日无精打采。何晓明的爸爸常年在外，妈妈在医院工作，经常值夜班。妈妈上夜班时，何晓明等保姆睡着后，就悄悄溜到书房上网玩"梦幻西游"。他的功课开始滑坡了，本来就比较差的外语落得更远了。

上着课，何晓明满脑子里都是游戏里的刺激场面，老师讲的他一句也听不进去。沉迷在游戏中的他开始幻想：如果不上学，整天在家玩游戏多好呀！

星期一早晨，学校开大会，宣布开除了两名学生，那两名学生，一个在女老师的后背上甩满了墨水，另一个用打火机把老师的辫子点着了，差点烧成秃子。由此，何晓明忽然受到了启发：对呀，让学校开除自己，那爸妈就没办法了，他们往回送学校也不要了。

对谁下手呢，何晓明费了一番脑筋。班主任李老师？不行，他脾气不好，惹恼了会打人的。想来想去，他觉得外语老师米珊珊最合适，一来是她脾气好，二来是她经常给何晓明的作业打红叉。

星期二上午就有两节外语课，何晓明把钢笔水灌得满满的，还准备了一只打火机。上课了，米珊珊老师一边领读一边慢慢在课桌之间走动着。当米老师从何晓明的身边走过时，他拧开笔帽，用力朝米老师的背上交叉着甩了两下！

米老师洁白的衬衣上顿时出现一个重重的"×"号！米老师的身子轻轻抖动了一下，停下了脚步。何晓明知道，该发生的事情就要发生了，他的心"咚咚"地跳了起来，旁边的几个同学都惊讶地看着何晓明。仅仅是一瞬间的功夫，米老师又照常往前走去，仍然是一边走一边领读。有几个同学窃窃私语起来……

米老师忽然大声说："上课不准说话！"教室里又恢复了正常。

米老师就穿着那件有"×"号的衬衣轻盈地行走在同学们之间。何晓明的眼睛始终盯在米老师的后背上，那交叉着的两行墨水，离他忽近忽远，忽而模糊，忽而清晰，渐渐地，那个黑色的"×"号在他眼前幻化成了一只黑色的蝴蝶，翩翩起舞……

丁零零……下课了，那只黑色的蝴蝶不见了，眼前是鱼贯而出的同学们。

这个课间，何晓明坐在自己的位子上，一动都没动，他的内心在期待着、迎接着、煎熬着。课间十分钟今天变得这么漫长……

然而，什么都没有发生，上课铃响过之后，米老师准时出现在讲台上，她换了一件红色的上衣，像一团火。

米老师让同学们朗读上节课所学的课文。在同学们抑扬顿挫的读书声中，米老师照例在课桌之间的过道上巡视。

何晓明双手把课本端在面前，目光却从课本的上侧溜出去，偷偷地观察米老师，希望从中发现点儿什么。可是，米老师像什么都没有发生过。何晓明泄气了，看来，上节课的事情白做了。

何晓明把眼睛盯在了米老师的短发上，米老师的短发往后梳，在脑后用一根橡皮筋很随意地扎了起来。当米老师在他身边走过时，他迅速地站了起来，把喷着蓝色火苗的打火机放在了米老师的辫梢上！

米老师的辫子被点着了！火苗子沿着辫梢儿向上爬去！何晓明下意识地伸出另一只手，一把将火打灭了！在最后的关头，他还是害怕了，担心真的伤到老师。

米老师回过了头："何晓明！你想干什么？"何晓明涨红着脸低下了头。

米老师没有再追问，而是对几个朝这边探头探脑的同学说："看什么？继续学习！"

何晓明在忐忑不安中熬到了下课，又熬到了放学。同学们都走了，何晓明孤独地在校园里溜达着，等待着惩罚的降临。不知不觉间，他走到了教师办公室的窗外。

"不行！一定得严肃处理何晓明！报到校委会，把他也开（除）了！"

屋里传出班主任李老师的咆哮声。

接着，是米老师的声音，有些小，何晓明赶紧贴到了窗下。

"这件事还是我自己处理吧，别报校委会了。"

"要不是几个同学来告状，你连我也不告诉？长此下去，你还有没有当教师的尊严！还怎么管学生！"

"我个人尊严不得什么大事，可一旦把何晓明开除了，会毁了他一辈子呀！"

"就这么算了？"

"我想周末做一次家访，和他家长沟通一下，共同拉这个孩子一把……"

何晓明先是觉得心里一热，接着两眼一热，眼泪滚滚而下。

这个周末放学的时候，何晓明在校门口拦住了米老师："米老师，您什么时候去我家？"

米老师颇感意外地看了他一眼，然后露出灿烂的笑容说："不去了。"

何晓明一愣。

"你这几天用行动告诉我，你已经不需要家访了。"

何晓明对米老师深深地鞠了一躬。

校园小记者多多的 采访手记

谅解别人说起来容易，做起来真的很难。如果老师能谅解他的学生，会使自己的教育更具魅力。

鲁豆为老师设计的减肥计划

伍老师身材发福，体重超标。他站在教室门口，听到了学生鲁豆的悄悄话："老师该减肥了。"第二天上课，伍老师穿着一身黑色的紧身衣，有如蝙蝠侠来到人间。伍老师自我感觉瘦了，所以很兴奋，还背了几首词，比如："帘卷西风，人比黄花瘦！"

鲁豆却心潮起伏，他知道伍老师减肥的根源是自己的那句话。听到伍老师减肥的消息，他不安了；听到伍老师被呼啦圈卡住的消息，他惶恐了！

"我要帮伍老师减肥！"鲁豆买了几本减肥的书，又上网查了很多减肥资料。一天放学后，鲁豆偷偷钻进了老师的办公室。第二天早上，伍老师在他办公室的抽屉里意外发现了几本书：《减肥秘诀》《减肥七十二绝技》……伍老师有些小小的感动，他以前所未有的热情上完了一节课，课后，还特意给几个成绩落后的同学补课。

没过几天，伍老师又在他的抽屉里发现了一张纸条：节食、运动，可以慢跑、散步、骑车，适合爬楼梯。伍老师鼻子一酸。这一天，平时脾气暴躁，人称"恐怖之王"的伍老师，对班里的同学大加赞扬，笑容时刻浮现在他脸上……再后来，伍老师又发现了一瓶醋，醋瓶上贴着纸条：饭后一勺醋，减肥没商量！伍老师乐了，得，就喝一口吧！

喝了醋的伍老师如同喝了酒，他晕乎乎地走上了讲台，慈眉善目，那节课也上得生动极了！就在这天傍晚，伍老师终于捉住了鲁豆，这位送书送醋的热心人。

"是你？"伍老师瞪大了眼睛。

"老师，我错了……"

"不，"伍老师抚摸着鲁豆的头说，"鲁豆，你是好孩子！是老师不好！"

"老师，你很好！我不该那样说你！"

"看你这孩子，又来了！"鲁豆吐了吐舌头，看看伍老师还在乐呵呵地笑着。

鲁豆怎么也没有想到，他对老师的一点关心，竟改变了老师……

校园小记者多多的 采访手记

天空为花朵洒下雨露，花朵以微笑回报天空。虽然老师愿意为学生无私地付出，但也希望得到学生的回报。

第八章

校园大事记

我是班长

2008年5月12日中午，在四川省汶川县映秀镇渔子溪小学，校园里像往常一样平静。

二年级的教室里，坐了32名同学，大家正在埋头做数学作业。突然，只听"轰"的一声响，整个教学楼猛的一个抖动，接着两边摇晃起来。灰尘飞扬，课桌倒了，压在一些同学的身上……这些来得太突然了，同学们都不知道发生了什么事，一时都慌了。

九岁半的林浩，是这个班的班长，他个子不高，虎头虎脑，还缺了两颗牙齿，学习成绩很好，同学们和老师都非常喜欢他。这时，他想到可能是出事了，房子要倒了，便大喊一声："我们快跑。"于是，全班同学都离开了座位，飞快地往教室外面跑去。

林浩刚跑到教学楼的走廊上，就被楼上跌下来的两名同学砸倒在地。紧接着，楼就全塌了。林浩和几个同学被压在几块楼板下，但非常庆幸，由于楼板的支撑，形成了一个很小的空间，他们没有生命危险。

不知道过了多久，林浩和几个同学方才缓过神

幽默乐翻天

爸爸说："今天是我的生日。"

儿子问："'生日'是什么意思？"

"生日嘛，就是说爸爸是今天出生的。"

儿子听了，瞪大眼睛说："啊！今天生的怎么就长这么大了呀！"

来，以前也听老师说过，这可能就是发生了地震。黑暗中，一个女同学哭了起来。林浩想，哭有什么用，得靠大人来救我们。于是，他对同学们说："我们唱歌吧，大人们听到歌声，就会来救我们。"大家就开始唱歌，是老师教的《大中国》。唱完后，女同学就不哭了。

林浩观察了一下周围，发现有光亮。于是，他慢慢地掏开光亮周围的砖瓦，弄出一个洞来，使劲往外爬。爬呀，爬呀，终于爬出来了。爬出来一看，眼前的景象让他大吃了一惊，整个学校的房子都倒了，一些老师和同学正在救人。

逃出来的林浩，并没有跑开，他想到还有好几个同学压在里面，于是，又往那个洞里爬了进去。他看到一个男同学压在下面，已经受伤，林浩就把他背起来。在家里他经常背柴，背石头，背起这个同学，对林浩来说，还不算很吃力。洞太小，于是，他一边爬，一边慢慢地把洞弄大一点，终于爬了出来，把同学交给校长，

校长又把他交给他妈妈背走了。

林浩再次爬了回去，又把一个女同学背出来，交给了校长，女同学也很快就被她的父母背走了。

当林浩第三次爬进去的时候，又有楼板垮塌下来，重重地压在了他的身上。林浩感到头上特别痛，一摸，满手都是血。幸得一位老师来得及时，把他从垮塌的楼板下救了出来。

林浩所在的二年级，32名同学，在这次大地震中仅有十人逃生。这其中，就包括林浩和他背出来的两个同学。

老师带着活下来的同学们来到映秀镇，等候了两天，终于等来了人民解放军。后来，林浩和其他同学一起，被安置在四川省儿童活动中心。

有记者知道林浩的事迹后，来采访他，当问到为什么去救人时，林浩平静地说："我也非常害怕，但我想到我是班长，如果其他同学都没有了，要我这个班长有什么用呢？"

这时，林浩的口袋里，还装着教室的钥匙。每天早上六点，闹钟一响，他会准时起床，自己炒碗蛋炒饭吃，然后走半

个小时山路去上学。每天，他总是第一个来到教室开门，又是最后一个离开教室关门。

知道了林浩的事迹后，那里的人都叫他"小班长"。

刚到儿童活动中心时，林浩被送到成都市儿童医院进行检查，所幸只是额头和右手有些擦伤。检查完后，林浩不用医生和护士帮忙，自己翻身从床上爬起来，迅速穿好衣服，走出了医院。大人们真不敢相信，就那样一个小娃娃，居然比很多大人还坚强。

中央电视台和各个地方电视台播出了《九岁救灾小英雄林浩》的专题采访报道，小林浩那稚嫩的童音、超出年龄的成熟与勇敢以及善良的品格感染了几乎每一个中国人，他成了闻名全国的抗震小英雄，也是这次大地震中年龄最小的英雄。

北京奥运会开幕式上，林浩代表全中国的少年儿童，被中国体育代表团持旗手姚明牵着手，走在队伍的最前列，全世界的人都看到了他。

校园小记者多多的采访手记

责任对于每个人而言，都有着泰山般的重量，让责任像花一样绽放，奏响美妙的生命之歌。

那年夏天我上初二，区里准备举行一次全区学生演讲比赛，最后，我和另一个同学被选为我们班的代表，先去乡里参加预赛。

下课后，我到厨房的窗口去打饭，看到校长和老师们在隔壁的餐厅吃饭，七八个教师正在谈笑风生，突然，我听校长说："今天晚上肯定是凉鞋化。"我朝里一望，老师们的脚上穿的都是凉鞋。那时候凉鞋很时髦，正在乡下流行。

我打完饭低头转身，正碰上我的班主任汪老师。汪老师说："你快吃饭，晚上我们一起去乡里。演讲稿背得怎么样了？"我说背得烂熟了。这个时候，我见汪老师下意识地看了一下我的脚，我的脚上是一双母亲做的黑布鞋，是那种圆口的，拦腰系了一根绊带，上面钉了白铝皮扣子。记得母亲做这双鞋子的时候我是那样的喜欢，可是在那一瞬间我突然感觉到我的

老师穿着黑布鞋

布鞋是多么土气！我的脸当时"腾"的一下热起来，我想肯定是变得通红，急忙转身回了寝室。

那时候我还没有穿过凉鞋。父亲生病了，家里正在四处筹借父亲的住院费，根本没钱为我买凉鞋。

晚饭后，我到学校大门口的水塘里去洗衣服，意外地看见隔壁班的张国华也是穿着一双黑布鞋。天哪！我像遇到了救星一样。因为张国华今晚也要和我一起到乡里去，这个我是知道的，在学校出墙报的时候，他的文章常常和我的贴在一起。

我虽然没和他说话，但很友好地看了他一眼，算是打招呼。上次听同学说过，他的父亲好像病了，家里也很困难，因此同样没有凉鞋。

毕竟不只是我一个人没凉鞋，我的心情一下子开朗起来，能到乡里参加比赛的喜悦情绪又回到了我身上。奶奶肯定逢人就说，恨不得拿着高音喇叭到村头去吹嘘她的孙女如何有出息。班上的同学们呢？所有的男同学都会多看我几眼，想起这些我心里不免一阵一阵地高兴和激动。

天擦黑的时候，大家都到学校花池边集合，一共有十个人，六个同学和四个老师。我到的时候听见他们又在那里说凉鞋。这时候我老远就盯着张国华的脚，天哪，这个骗子！我当时觉得张国华就是世界上最大的骗子，怎么他的脚上也变成了一双棕色凉鞋呢？我当时的那种尴尬和羞愧至今还记忆犹新，就好像偷了别人的东西当场被人抓住了一样。看着老师和同学们那些或黑色或棕色的闪闪发亮的塑料凉鞋，再看看自己脚上的黑布鞋，那黑色的绊带显得格外土气，我恨不能脱下来摔到水塘里去。

汪老师本来是站在人群里说话的，当看见我后，就笑着说："今晚干吗总是磨磨蹭蹭？以前的活泼劲儿到哪去了？"

校长说："同学们走前面，老师们走后面。"

我们正要开始走，突然汪老师转身回宿舍了，当他一路小跑着追上我们的时候，我发现他的黑凉鞋变成了一双黑布鞋。也许只有我一个人发现了这个小小的变化，校长和别的老师大概没有在意，因为那个晚上再也没听人提起什么"凉鞋化"之类的话。

那个晚上的月光特别明亮，习习的凉风拂面而过，路边的山上树影婆娑，乍一看像人影在晃动，偶尔有野兔从路这边跑向路那边，西天有流星划过，拖着长长的尾巴，同学们一齐惊呼起来。前面的老师和同学的塑料凉鞋踩在碎石上，发出清脆的"咔嚓"声，而汪老师的黑布鞋，踩在山石上的声音是那样地平稳而有力，那坚实的"咚咚"声穿越漫长的时空，至今在我的心头挥之不去。

校园小记者多多的 采访手记

孩子的自尊如初开的花朵，稚嫩娇弱，禁不住风雨。当孩子心中的风雨来袭时，请老师为他们撑一把伞。

闪电行动

已经记不清是谁最早出的主意，反正到放学时，初二（1）班做出了一致的决议：搞一次"闪电"行动。全班42人，明天一律剃光头。谁不剃，谁就是懦夫，孬种，叛徒！

一个个把话都说得斩钉截铁的，但班长林清并不以为就能实现。所以，第二天，他虽剃了个光头，但一进教室，看到满屋子滴溜滚圆的大脑袋时，还是惊得差点儿跌个跟头。

更令人惊讶的是，第一个到校的竟是王东浩。这家伙是个十足的"睡迷"，每日总在响预备铃前后才能走进教室。

但最有趣的还要数崔启新，他八成是把他奶奶的头套戴上了，两块瓦片似的黑布一左一右搭在头皮上，弄得他浑身散发出一种古董味道。

李冠军，还是这小子行。小头皮刮得倍儿亮，老远就看到一团耀眼的白光。他神气活现地昂首阔步，还不时举手四下招呼，所到之处，无不激起一片喝彩。

其实，林清今天到得并不晚，但在班上却只能算倒数了。他用手分开人群这么一看，傻了三秒钟后，第一个动作就是猛的一蹦高，手在门框上重重地叩了一下。

这一色四十几个光头，迎着朝阳，流光溢彩，别提多来劲，多气势了，教室似乎都比往常亮堂多了。

终于，预备铃响了，挤在门口的人群不胜遗憾地四下散去。光头们成排成行，各就各位，教室里顿时安静了下来，只有那一束束兴奋无比的目光透露出同学们此刻心头的波澜。

幽默乐翻天

一位父亲看着儿子从学校里带回来的成绩报告单，怒气冲冲地问道："伊登，怎么搞的，你这学期成绩为什么这么差？""噢，亲爱的爸爸，你难道不知道现在正是经济萧条时期，各行各业都不景气，难道我的分数会高吗？"伊登回答。

第一节是物理课。

50多岁的杨老师，在同学们心中绝对是个"传统派"，但这一点儿也不影响同学对他的敬佩。大家认为他是顶有学问，又顶认真、顶负责的老师。

这会儿，杨老师像往常那样，平端着讲稿夹，垂着眼，踩着铃声，目不斜视，直奔讲台。

同学们好生失望啊。于是各种各样的声音几乎在同一时候，从各个角落发出，挪凳子的，拉抽屉的，吸鼻子的，咳嗽的……可杨老师就是杨老师，他早转过身，刷刷刷地在黑板上书写今天要讲的内容提要。

42双眼睛巴巴地盯着他的背影，恨不能立时把他扳个180°。

杨老师转过身来了，习惯地咳嗽一声，用手指支了支眼镜架。

这一刹那间，所有的同学都屏住了呼吸，教室里静得像没了人。

"同学们，"杨老师扬起尖尖的下巴，开始讲课，"今天，我们要讲的是……"突然，他头一歪，半张着嘴，像被孙悟空的定身法定住了，镜片后的那双眼睛放出惊异的光。

教室里顿时爆发出一阵快乐的笑声。

杨老师也笑了。同学们上了他两年课，还是第一次听他笑出声。他笑得哈哈的，像一只鸭子在叫，瘦削的肩膀还一耸一耸的。

但他笑过之后，用手一抹脸，马上又恢复了平常那刻板的模样，依旧朗朗地讲他的课。

光头们也真正安静下来了。这是在极大的满足后的平静。42颗晶亮的光头下，是42双晶亮的眼睛。42双晶亮的眼睛始终追随着杨老师的身影。

杨老师讲到疑难处，42对眉毛同时皱起；杨老师讲到明朗处，42只眉结同时松开。连平时最怵物理的崔启新也突然发现，原来物理并不难。

下课时，杨老师嘴角又浮现出了难得的笑纹，他还拉过了王东浩，亲热地拍了拍他的光头，全班同学都要乐懵了。

后面那节课，教室里依旧保持着这种气势，以至语文老师喊了"下课"后，还在讲台上足足站了三分钟。他实在想不出，这个调皮出名的班级今天怎么会有这么好的秩序。

当然，最显风光的还是课间操。初二

爆笑作文

我的小狗不喜欢洗澡，结果我就把那只小狗放到洗衣机里，终于洗干净了。

·师评：什么牌的洗衣机? 老师也买个去。

俗话说："窈窕淑女，君子好逑。"我最喜欢我的妈妈。

·师评：赶紧擦掉，别让你爸看到。

记得有一天夜里，我高烧到100度。

·师评：体温表没坏?

医生说要打针，可我怕打针，最后我还是挺身而出，大义凛然地打了一针。

·师评：这个医生是个特务?

老师卷卷的头发像一支笔似的。

·师评：什么笔是卷的?

（1）班光头班的消息早就传遍了校园的各个角落，当一色白亮亮的光头，排着整齐的队列，迈着雄赳赳的步伐走向操场时，赢得了一片热烈的掌声。

这天，光头班的体操做得极其卖力，极其认真，每个人每个动作都力求准确到家，仿佛自打顶上一个亮闪闪的脑瓜后，每个人都增添了一份责任感，一份荣誉心。

足足有两个星期，那些灿烂夺目的光头在校园里无处不在，光头班成了初二（1）班的代名词。自那段时间起，初二（1）班几乎包了学校的表扬栏。

年终时，校级三好班当然非初二（1）班莫属了，只是班主任写总结材料时颇费了一番心思，因为他总也写不清楚，这个班怎么会在一夜间突然换了个模样。把这一切都归功于光头，岂不太可笑了。

当班长林清代表初二（1）班上台领奖时，人们突然发现，不知什么时候他头上又长出了一茬黑油油的头发。再一看台下那坐得整整齐齐的两排，初二（1）班现在是一式的黑脑袋。但即便如此，大家一提起初二（1）班，还习惯地称之为光头班。

初二（1）班会不会再来一次"闪电"行动？这是许多人，特别是初一那帮小萝卜头经常谈及的热门话题。在这个问题上，初二（1）班似乎统一了口径，一笑了之，一律不作回答。他们的头发后来自然是越长越长了，于是又由一律的小分头渐渐变化成各式各样漂亮的发式。他们兴致勃勃地走来走去，总像前面有什么好事在等他们似的。不用指明，单凭那一脸飞扬的神情，你便能准确地断定，谁是初二（1）班的成员。

体育老师告诉我，自打"闪电"行动后，每每课间操，他最爱看初二（1）班那个长方阵，那精气神儿，看着就叫人打心眼儿里痛快。

校园小记者多多的 采访手记

其实不是光头改变了这一切，而是因为"光头"无形中增强了他们的责任感与荣誉心。精神的力量是巨大的。

小·机灵多多的爆笑生活

英文名: Yao Chen
国家或地区: 中国
出生日期: 1979年10月5日
职业: 演员
毕业院校: 北京电影学院
身高: 169厘米
星座: 天秤座

　　姚晨, 2005年凭借情景喜剧《武林外传》中对女侠"郭芙蓉"的精彩演绎, 被广大观众熟知和喜爱。2009年在和孙红雷主演的谍战大戏《潜伏》中, 姚晨成功塑造了淳朴的女游击队长王翠平一角, 再次火遍大江南北。2010年姚晨在时尚和电影方面大展拳脚: 不仅频频登上各时尚大刊封面、亮相时装秀场, 由其主演的《非诚勿扰2》等影片也在同年陆续上映。获2010年第25届中国电视金鹰奖"观众喜爱的电视剧女演员奖"。

英文名: Mint, G/ Jing M, Guo
国家或地区: 中国
出生日期: 1983年6月6日
职业: 文学家、小说家
毕业院校: 上海大学
星座: 双子座
兴趣爱好: 打羽毛球, 听CD, 看电影

　　郭敬明, 中国大陆"80后"作家群代表人物之一。2005年3月,《福布斯》杂志中文版推出的"福布斯2005名人榜"中, 郭敬明排名第92位。主要代表作有长篇小说《幻城》, 主编畅销杂志《最小说》。2009年12月31日《小时代2.0虚铜时代》上市, 仅仅一天便位居开卷排行榜图书销量第二名。2009年, 第三次荣登【中国作家富豪榜】, 排名第2位。2010年8月24日, 平装版《临界·爵迹》上市, 当天售出20万册。2010年, 中国福布斯名人榜排名第58名 。周杰伦对郭敬明的文字这样评价: "临水照影成双人, 百年亦归尘。青衫红颜随梦枕, 泪潦秋风深。写得很有品位, 而且很中国风。"

明星·小·档案

一次演讲

西奥先生身材修长，面庞消瘦，两鬓斑白。他生性温和，平日沉默寡言。研究学术问题，他精力充沛，记忆力惊人，而对日常生活的琐事，却极其马虎。

坎福特大学需要聘请一名工作人员，上百人申请这个空缺位置，西奥也递上了申请书。最后只有西奥等15人获得面试的机会。坎福特大学地处一个小镇上，周围只有一家旅馆，由于住客剧增，只好两人同住一个单人间。和西奥同住的是一位年轻人，叫亚当斯，足足比西奥年轻20岁。亚当斯自信心很强，而且有一副洪亮的嗓音，旅馆里时常可以听到他朗朗的笑声。显而易见，这是一个聪明伶俐的人。

校长及评选小组对所有的候选人进行了一次面试。筛选后只剩下西奥和亚当斯两人了，小组对聘请谁都犹豫不决，只好让他们俩在大学礼堂进行一次公开

的演讲，再行决定。演讲题目定为《古代苏门人的文明史》，演讲时间定于三天之后。

在这三天里，西奥寸步不离房间，废寝忘食，日夜赶写演讲稿，而亚当斯不见有任何动静——酒吧间里依旧传出他的笑声。每天，他很晚才回来，一边问西奥的演讲稿进展情况，一边叙述自己在弹子房、剧院和音乐厅的开心事。

到了演讲那天，大家来到礼堂，西奥和亚当斯分别在台上就座。直到此时，西奥才发现自己打印好的演讲稿不知道什么时候不翼而飞了，真是惊恐万状。

幽默乐翻天

兄弟两个攒钱合买了一双靴子，商量好两人合穿。靴子买了以后，弟弟天天穿着它走，没有哥哥的份。哥哥不肯白出钱，只好等弟弟睡后，自己夜里穿上靴子到处走。这样没几天，就把靴子穿破了。弟弟对哥哥说："我们凑点钱，再买一双新的吧！"哥哥说："不买了，再买靴子我就要困死了。"

校长宣布，演讲按姓名字母排列先后进行。亚当斯首先出场。情绪颓丧的西奥抬头注视着亚当斯——只见他神态从容地从口袋里掏出演讲稿，对着教授们口若悬河，滔滔不绝地讲开了。连西奥也暗自承认他有超人的口才。亚当斯演讲完毕，场内爆发出雷鸣般的掌声。亚当斯鞠了一躬，脸上现出微笑，回到座位上去了。

轮到西奥了。他的情绪非常不好。要讲的内容都在稿子上，要另辟新路是不可能了。他觉得脸上火辣辣的，唯有用低沉而疲乏的声音，逐字逐句重复亚当斯刚才的演讲内容。等到他讲完坐下来时，会场上只有零落的几下掌声了。

校长及全体评选小组的成员退出会场，去讨论聘任哪位候选人。礼堂内的人仿佛对决定的结果早已经有了数。

亚当斯向西奥靠过身来，用手拍了拍他的背，微笑着说道："厄运呀，老兄。没办法，两者只选其一。"

这时候，校长及小组成员回来了。"诸位先生，"校长说，"我们做出了选择——聘任西奥先生！"

所有的听众都惊呆了。

校长继续说："让我们把讨论的情况向诸位说明一下。亚当斯先生口才过人，知识渊博，我们都很钦佩，我本人也为之感动。但是，请不要忘记了，亚当斯先生是拿着稿子作演讲的。而西奥先生却凭着记忆力，把前者的演讲内容一字不漏地重复了一遍。当然，在这以前，他不可能看过那份演讲稿的一字一句，我们的那项工作正是需要有这样天赋的人！"

大家陆续走出会场。校长走到西奥面前，见西奥脸上仍然露着惊喜交集、不知所措的神情，便握着他的手，说道："祝贺你，西奥先生！不过我得提醒您一句，日后在咱们这儿工作，可要留点神，别把重要的材料到处乱放呀！"

校园小记者多多的 采访手记

　　竞争需要自己的真才实学，投机取巧只能得逞一时，终有露出马脚之时；真才实学却能给力一生，终有脱颖而出之日。

班主任嘴里的『咱们班』

每学期一次的"评教活动"结束了，初二（7）班的班主任方老师以108分的罕见高分被评为优秀班主任和模范教师，初二（7）班也被评为先进班集体。

所谓"评教"，是由学生给老师打分。"评分"规则具体细致，从教学态度、教育方式、教学效果到作业批改、班会组织、与学生交谈、与家长沟通等各方面——给老师打分，共70分。另外30~40分是"特色分"，由学生各自评定一项老师最有代表性或最成功的教育模式来打分。方老师在前面70分细节分中得了68分，最后一项"特色分"竟得到所有学生一致的满分40分，这被校长称作"奇迹"。

奇迹的创造者方老师到底做了什么事以至赢得全体学生的心呢？学校领导从问卷调查最后一栏中得到答案：62个学生给出的结论居然不谋而合，方老师嘴里几乎每时每刻都挂着一个词"咱们班"。下面是抽样问卷中几个孩子的"陈述"。

——方老师50岁了，是南方人，可嘴里总挂着一个北方方言"咱们"，起初听起来很别扭，因为这词从她嘴里冒出来一点北方味儿都没有。可长年累月听下去，我们觉得那么亲切，因为方老师就像一位慈母，把我们当作了她的儿女，把班级当成了自己的家。

——运动会长跑赛，李纹纹落到了最后，方老师说："咱们一齐来为李纹纹加油！"在老师的调动

幽默乐翻天

5岁的女儿不明白妈妈的肚皮为什么有一个疤痕，妈妈向女儿解释说："这是医生手术刀的划痕，把你取出的地方。"

女儿想了一会儿，很认真地问妈妈："那你为什么要吃掉我？"

下，我们大声喊着："李纹纹，加油! 加油，李纹纹!"比赛结束后，班会上方老师说："李纹纹虽然最后一个跑到终点，但咱们纹纹为咱们班赢得了最佳风尚奖! 值得咱们庆贺一番。"

——我的英语成绩一直不好，从农村来到城市，快节奏的教学方式让我很不适应。方老师把我叫到操场边说："咱英语基础差，但不能灰心，慢慢来，我已叫咱们班两位英语课代表帮助咱。"方老师不说"你"而叫"咱"，此时的我似乎变成了老师本人，我的难就是她的难，听后我心头涌起一股暖流。

——刘江是全校出了名的调皮生，校长拿他都没有什么办法，方老师当着

全班同学的面说："咱们班就像一台高速运转的机器，任何零件都不能出毛病。咱们每个人都必须学会保护好每个零部件，而不是出了一点小问题就将其抛弃。"刘江在老师的关心下，有了长足的进步。

——我们已不习惯叫"方老师"，而叫"咱们的班主任"。在咱们初二(7)班每个同学心中，咱们的班主任就是咱们的头儿，带领咱们向前冲!

咱们——好温馨的一句方言! 好亲切的一个称谓! 当一个集体、一个团队，有了这样的和谐度，有了这么一种凝聚力，怎能不让人留恋? 又有什么不可战胜的呢?

校园小记者多多的 采访手记

"咱们"包括"我"和"你"。一句"咱们"，让我和你心连心，手牵手，相会在这个集体，成为一家人。

小机灵多多的爆笑生活

1.请写出鲁迅先生的作品《藤野先生》中藤野先生的全名。

其答案如下:藤野菜菜子,藤野英二狼(当时正好有放《棒球英豪》这个动画片),藤野武大郎,藤野花道,藤野五十六。

2.解词:逝世。(可能想写"死去"。)

——学生答道:去死。

3.孙犁是什么派的?

答:丐帮。

4.岁寒三友是什么?

偶答:中、发、白。

5.初唐四杰是哪四位?

——牛人答:东邪西毒,南帝北丐。

6.小说《红岩》的作者是_____。

答一:江姐。

答二:"中美合作所"集体创作。

第二位学生的想象力实在非一般人可比,此所谓天才也!

7.老舍先生的代表作有_____。

——同学想不起,偷问同桌。同桌告诉他:《茶馆》。结果那位写成:《茶壶盖》。被老师痛骂

8.B君在作文中要描述一个人的外貌,遇一字不会,遂悄声问同桌:"一副眼镜的'副'字怎么写?"

同桌告诉他:"就是一副跳棋的'副'嘛。"

后老师批阅B君的作文,见上面写道:"他高高的鼻梁上架着一副跳棋。"

9.A君在做语文试卷时,被一道填空题《这里的黎明静悄悄》的作者是_____"难住。苦思良久,A君毅然在空栏上写着"霍利菲尔德"。

——旁的监考老师笑问:"怎么不写泰森呢?"

A君道:"他的名字太短了,不像!"

10.文学常识题:普罗米修斯是什么文学作品里面的人物?

答:《哈里·波特》。

11.有次考李清照的如梦令,"知否?知否?_____"

——同学答:Sorry, I don't know.

12.对别人的爸爸应该怎么称呼?
A.令尊　B.家父　C.令堂　D.令尊、家父都可以
答: A。
答B的可以考虑去做春晚主持人,答C的会被笑话没文化,答D的应该去做电
视台编导。

13.请写出对评价鲁迅"吃的是草挤出来的是奶"这句话的含义?
答: 鲁迅吃的是青青的草,挤出来的是白白的奶!

14.怎样理解"天下兴亡,匹夫有责"?
答: 皮肤是人体第一道防御屏障,若皮肤破损就容易感染。病人一多,国家建
设就无法进行了。所以天下兴亡,匹夫有责。

15."头悬梁,锥刺股"是怎么回事?
答: 古代有个人不好好学习,考试总是不及格,他妈妈就生气地用锥子刺他的
屁股,他想不开,就在屋梁上上吊自杀了。

16.请把"我的哥哥去学校"这句话改写成将来式。
答: 我哥哥的儿子去学校。

17."月落乌啼霜满天,江枫渔火对愁眠。姑苏城外寒山寺,夜半钟声到客
船。"的作者是谁?
答: 毛宁。

18."太"就是至高无上的意思,如太上皇,太空等。谁能再举个例子?
答: 太太。

19.填空: _____,可以为师矣。
答: 师范毕业后。

20.梁山上竖着一杆杏黄大旗,上书哪四个大字?
答: 三碗不过岗。
师: 你不但语文不行,数学也不行。

21.小明不喜欢穿高跟鞋,小明换灯泡不用梯子,小朋友你们认为小明是谁?
答: 姚明。

22.填空: 三个臭皮匠,_____。
答: 臭味都一样。

让老师哭笑不得的考卷

神秘的奖品

那年冬天出奇地冷。

那所乡村中学坐落在田畈中间，空旷的田畈使得北风更加肆虐。被小黄蜂钻过无数个洞的土砖壁和破旧的门窗在北风的呼啸声中更显萧瑟。

教室门被推开了，一股冷风惊得大家都抬起了头。不约而同，一双双眼睛从书上移到了门口，从门口移到了站着的那个人身上。

是柱子，他今天又迟到了。他低着头，单薄的蓝棉袄藏不住那哆哆嗦嗦的身子。他隐隐觉得身上集中了无数道光，那光在他身上从头到脚地搜寻着。他害怕了，头埋得更低，身子使劲往门边缩。但大家还是看到了，破旧的黄球鞋里露出的两个红得发亮的脚趾头。教室里好像有几声窃笑，顷刻又消失了。班主任李老师没为难他，让他进来了，他

像获得了大赦，小跑着来到角落里属于他的位置。教室里又恢复了平静，只是，偶尔有几个同学还会往柱子的课桌底下瞧着什么。

下课铃一响，那些初二的大男生们立即一拥而出，在教室旁的小操场上"斗鸡"取暖。"斗鸡"是这些乡下孩子在冬天最喜欢玩的游戏。开始时，双方右腿单立，左腿盘起，用双手端着，然后右腿往前单跳，用左腿的膝盖相互撞对方，把对方的左腿撞得放下或者整个身子倒下，就算赢。这个游戏有一定的危险性，但具有挑战性。更重要的是，在大冷天，能很快让身子暖和起来。

柱子是班上公认的"斗鸡大王"，只要他出现，最后的霸主非他莫属，但他很少参与这个活动。大家都知道他性格内向，不怎么和同学交流。他家很穷，父母身体不好，平时带来的咸菜都是自己炒的，有好心的同学夹点腊肉给他，他却不要，说不

幽默乐翻天

小明告诉妈妈："今天客人来家里玩的时候，哥哥放了一颗图钉在客人的椅子上，被我看到了。"

妈妈说："那你是怎么做的呢？"

小明说："我在一旁站着，等客人刚要坐下来的时候，我将椅子从他后面拿走了。"

喜欢吃肉。后来，大家一想到他的敏感，也就不勉强了。

班长小根发现今天"斗鸡"的人群里又少了柱子。他来到教室，一眼就看见了角落里的柱子，正在桌上画着什么。

"柱子，走，一起斗鸡去，暖和暖和身子。"小根伸手拉他。

"你们玩，我不去了。我……题目还……没做完。"他支支吾吾。

"去玩一会吧。天这么冷，你穿得这么少。你看，你的脚……"看到柱子把脚又往椅子下缩，他立即打住了话头。

"随你吧，如果冷，你就在位子上跺跺脚。"小根好像想到了什么，径直往班主任李老师房间里去了。

中午吃过饭，柱子来到教室，教室里空无一人。只是看见黑板上出了一则通知，说今天下午最后一节体育课进行"斗鸡"比赛，还要对冠军进行奖励，要求男同学一个都不准缺席。

体育课的铃声刚响，同学们立即跑向了操场。班主任李老师也来助阵了，手上端着一个大盒子，被封得严严实实的，说是冠军的奖品。

比赛开始了。女同学手拉手，围成了一个大圆圈，这个圆圈就是比赛的赛场。参加比赛的男同学都做好了"斗鸡"的准备，因为要求一个都不准缺席，柱子也出

现在比赛的赛场上，他的手正好把那露出来的两个脚指头包住了。

比赛的规则是集体淘汰制，所有选手一齐上场，谁坚持到最后就是冠军。

"柱子，加油! 柱子，加油!"所有的女同学今天好像都特别喜欢柱子，一个个都大声地喊着。不知是女同学的加油声鼓舞了他，还是今天的男同学表现特不阳刚，柱子觉得今天作战非常轻松。三下五除二，有许多败将下场了，场地上只剩下了几个对手。场外"柱子加油，柱子加油"的助威声更热烈了。

毫无疑问，"斗鸡"比赛的冠军宝座属于柱子了。

班主任李老师庄重地宣布了冠军的名字，柱子在大家热烈的掌声中走上了颁奖台。李老师对他耳语着说："回家再看。"

柱子捧着盒子，一路小跑着回到家。他特别想早点看到盒子里的这神秘的奖品。他拿来小刀，小心翼翼地割开包装带，打开盒子的封口。

原来，是一双崭新的棕黑色保暖棉鞋，外加一双袜子。柱子不知道，这棉鞋和袜子是今天中午班上的同学们你几角、我几角凑起来买的。

校园小记者多多的 采访手记

同学们用独特的方式为柱子奉献了自己的爱心。真正的爱心，像微风拂过琴弦，留下一串共鸣，却不着痕迹。

几分钟的夜路

那年春天，我正读初三。县里举办化学竞赛，化学老师选定了六个同学参加，我也在其中。化学老师在县教育界小有名气，他决定每天晚自修后给我们补补课，以求我们有个好成绩。

每晚自修课一结束，我们六个孩子便飞进老师的那间屋子。时间一到，老师便让我们回去休息。我是走读生，我家离学校只有四五分钟路程。老师总要送我，而我每次都推辞了。一个雨夜，我忘了带伞，便依了老师，让他送我。雨下得很大，老师撑了一把伞，把我紧紧地拥着。借着一束灯光，在泥泞的小路上摸索。夜，静静地，只听得见风声雨声。

忽然，路那边的山林里响起一阵猫头鹰的有些恐怖的怪叫。

"怕吗？"老师问我。

"不怕，这种声音我听多了。"

"不行，从明天起，我每晚都送

你！"没等我说啥，老师已把我拥得更紧了。老师的手那么有力，那么温暖！

四五分钟的夜路过后，我已站在家门口的台阶下了。

"老师，进来坐会吧！"

"不了。你快进屋吧！早点休息！"老师转过身便走了。漆黑的夜里，依稀亮着一束灯光。

第二天的补习结束后，我正要冲出校门，老师喊住了我。他掩上房门，又要送我！我正要推辞，老师却抓住了我的手，不由分说牵着我走进了夜色里。

虽然这以后的晚上，很少再刮风下雨，很少再听到鸟的怪叫，但老师

幽默乐翻天

小姨有三个孩子。一天晚上，她和最小的女儿一起看电视，电视上正播映家庭计划的宣传短片，片子一再强调：两个孩子恰恰好！

小姨偷偷地看了看坐在旁边的小女儿，担心这句话可能会伤害她的感情。小女儿突然问她的妈妈："妈妈，我们家哪一个是多余的，大哥还是二哥？"

坚持要送我。在四五分钟的夜路上，老师问问我学化学的感受，谈谈他对我的几个看法，甚至说说他的经历，讲讲他昔日的趣事。渐渐地，那四五分钟的夜路融入了我生活的一部分，无论怎样的黑夜，都因为这一分一秒的交谈而显得格外美好。

二三十个补习之夜转眼间便逝去了，最后的那个晚上，老师仍旧送我到了台阶下。

"好好考，希望你有个好成绩！"漆黑的夜里，我看不清老师的脸，但我知道，老师一定笑了，一定在心里为我鼓劲了。我一定要考好，为了自己，更为了老师，我默默地想。

一天之后，带着众多的希望，我们走进了竞赛考场。我清楚地记得，老师在考场外足足等了我们两个小时！

两个星期后，老师从县里带回了考试成绩：我们六个人中有三个人获奖，而我以一分之差与获奖无缘。

整整一天，我躲着化学老师，害怕见到他那双亲切的眼睛。自修课后，我独自闷在家里，满心的惭愧。我知道，我自己并不在乎那份奖品，那份荣誉。然而作为学生的我，回报老师的关怀与瞩望，除了一份理想的成绩又有什么呢？

有人在敲门。

趣味造句

1.题目：报名

小朋友写：人民日报名扬四海，举世皆知。

老师批语：人民日报也会因你的造句而扬名。

2.题目：新闻

小朋友写：那只袜子虽然看起来很新，闻起来却很臭。

老师批语：那些新闻记者估计很难受。

3.题目：团结

小朋友写：今天早上吃了十个饭团，结果拉肚子！

老师批语：不要暴饮暴食。

门开了，竟然是化学老师，他是来为我分析错题的。老师的那份认真，那份耐心，再次让我低下了头。

"别灰心，更重要的是中考呢！"我知道，老师是在安慰我，是在再次鼓励我，而我也深深知道，老师心底不也深藏着一丝遗憾与失望吗？

老师回去时已是深夜了。我站在家门口，静静地看着那束灯光随老师远去，默默地想：从感激老师到回报老师之间，有那么绝好的一次机会，而我却没有很好地把握。遗憾之外，除了再一次努力，我还有什么呢？

那一年的秋天，我跨进了师范学校的大门，想起昔日的老师，想到那些往事，别有一番情绪，笼罩在我心头。

校园小记者多多的采访手记

老师的爱像淙淙的山泉，汩汩流淌，滋润花草，不求回报。对老师最好的回报，就是继续努力，把爱传递下去。

竞选的烦恼

新学期，班干部也要改选喽！张霖早就等着这一天呢！现在的"学生官"可吃香了，不仅成了同学们争抢的"香饽饽"，也成了学生家长自豪和炫耀的"资本"。

瞧，张霖妈妈一听儿子竞选有望，立刻砸下重金："如果你能当上班干部，妈妈给你买最想要的电动机器人！"有重金悬赏，再加上自己内心的渴望，张霖于是积极行动起来。他又是帮人打扫卫生，又是主动帮同学讲解难题。终于，他开始显露头脸。

"嘿，你觉得我咋样？"张霖正得意中，忽然听到后排的杨涛低声问同桌张梅。

什么，杨涛也想当班长？看来自己只顾好好表现还不行，还得多拉选票才行啊！

这天下午一放学，张霖就拉同班好朋友姜明宇、王宇伦去小吃店，买了一大堆好吃的。"怎么样？都想想办法啊！"张霖边吃边着急地说。"放心，和张梅关系好的同学就那么几个，看我们的！"姜明宇向张霖保证着，王宇伦也在一旁打包票。

果然，第二天，姜明宇和王宇伦就四处忙着为张霖拉选票。张梅呢，也找每一位同学宣传杨涛做班长的好处。于是五（3）班顿时形成两大阵营——"挺张派"和"挺杨派"。两边各为其主，摇旗呐喊。最终选举结果，张霖23票、杨涛20票。"挺张派"终于胜利了！

这时，班主任陈老师发话了："同学们，最近大家都为选举的事情忙活，大家说一说，班长到底要做些什么呢？"

"有管理才能。"

"有牺牲精神。"

"大家都说得很好。"陈老师称赞说，"可是，今天的选举，每位同学都是发自内心投的选票吗？"同学们都低下了头，看来最近的行动并没能瞒过陈老师的眼睛。陈老师提议重新选举，教室内鸦雀无声。

张霖望望杨涛，杨涛也望了望张霖，显然他们都在想：我们已经痛失了那向往已久的"宝座"！

校园小记者多多的 采访手记

不是真正地关心集体的人，不配做班长。名誉与地位是奉献的附属品，沽名钓誉是不可取的。

《窗边的小·豆豆》

作者: [日]黑柳彻子

　　这本书讲述了作者上小学时的一段真实的故事。小豆豆被退学了，一个全新的学校"巴学园"接收了她，"巴学园"是一个与众不同的地方。"巴学园"有着与众不同的校门，与众不同的教室和与众不同的校长。巴学园的孩子是幸福的，他们可以和老师一起出去散步，一道旅行，一块扮妖怪试胆量；可以开展夏令营，进行野炊活动；可以饭前唱唱歌，睡前讲故事；可以请种庄稼的老农当"旱田教师"，教孩子们认识植物，种植花草……在小林校长的爱护和引导下，一般人眼里"怪怪"的小豆豆逐渐变成了一个大家都能接受的孩子。

　　这本书是日本儿童书籍中有史以来销量的第1名。孩童在成长过程中所有可贵的天真特质都是被漫不经心地遗失和随意处置的。没有多少人能像小豆豆一样长大，小豆豆在成长的话题上便显示出了他独有的意义。在"巴学园"的幸福童年影响了黑柳彻子的一生，这本书不仅带给全世界几千万读者无数的笑声和感动，而且为现代教育的发展注入了新的活力。在这本书里，你可以找到自己阳光灿烂的童年。

站在暴风雪中

那天的风雪真狂，外面像是有无数怪兽在呼啸厮打。风呜咽着四处搜索，从看不见缝隙的墙壁鼠叫似的"吱吱"而入。

大家都在喊冷，读书的心思似乎已被冻住了，只听见一屋的跺脚声。鼻头红红的布鲁斯老师挤进教室时，等待了许久的风席卷而入，墙壁上的《世界地图》开玩笑似的卷向空中，又一个跟头栽了下来。往日很温和的布鲁斯先生一反常态，满脸的严肃庄重。乱哄哄的教室安静下来，学生们惊异地望着布鲁斯先生。"请同学们放好书本，我们到操场上去，我们要在操场上站立5分钟。"

即使布鲁斯先生说了"不上这堂课，永远别上我的课"的恐吓之词，还是有几个娇滴滴的女生和几个健壮的男生没有走出教室。

操场在学校的东北角，北边是空旷的菜园，再北是一口水塘。那天，操场、菜园和水塘被雪连成了一个整体。矮了

许多的篮球架被雪团打得"啪啪"作响，卷地而起的雪粒雪团呛得人睁不开眼张不开口。脸上像有无数把细窄的刀在拉在划，厚实的衣服像铁块冰块，脚像是踩在带冰碴的水里。学生们挤在教室的屋檐下，不肯迈向操场半步。布鲁斯先生没有说什么，面对学生们站定，脱下羽绒服，毛衣脱了一半，风雪帮他完成了另一半。"到操场上去，站好。"布鲁斯先生脸色苍白，一字一顿地对学生们说。

谁都没有吭声，学生们老老实实地到操场上排好了三列纵队。

瘦削的布鲁斯先生只穿了一件白衬衫，衬衫紧裹着的他更显单薄。学生们规规矩矩地站立着。5分钟过去了，布鲁斯先生平静地说："解散。"

回到教室，布鲁斯先生说："在教室里，我们都以为自己敌不过这场风雪。事实上，叫你们站半个小时，你们也顶得住，叫你们只穿一件衬衫，你们仍然能顶得住。面对困难，许多人戴了放大镜，但和困难拼搏一番，你会觉得困难不过如此。"

学生们庆幸自己没有缩在教室里，在风雪交加的时候，在那个空旷的操场上，他们学到了人生重要的一课。

校园小记者多多的 采访手记

成功不是轻而易举的，需要我们的努力和坚持。面对困难，只要和困难拼搏一番，就会发现困难不过如此！